# Franziska König

# Eifersucht

# Erinnerungen

*Für meinen liebsten Ming*

TWENTYSIX – Der Self-Publishing-Verlag
Eine Kooperation zwischen der Verlagsgruppe Random House und
BoD – Books on Demand
© Januar 2021 von Franziska König
Titelbild: Gemälde von Erika König
Zeichnung von Iwan König
Covergestaltung und Zuschnitt: Andreas Rothfuß, Blankenfelde, Julia Müller, sowie die Agentur Baumfalk in Aurich
Herstellung und Verlag: BoD –Books on Demand Norderst
ISBN: 9783740772444

Franziska (Kika) mit ihrer Violine – fotografiert von ihrer lieben Freundin Ute Bott aus Rottweil.

„Wenn ich dereinst verstorben bin, so schweigt auch meine Violine!" so denkt sie.

Und drum bringt Franziska alle vier Wochen ein schlankes bis vollschlankes Taschenbuch heraus.

Erzählt werden Geschichten aus ihrem Leben, die von erhöhtem Interesse sein dürften.

Jeden vierten Dienstag um 18.05 wird das fertige Manuskript in die Umlaufbahn entsandt.

Die meisten Vorkömmlinge finden sich im
Personenverzeichnis
Hier die engste Familie vorweg:

Opa, (*1909) Opa mütterlicherseits in Österreich
Oma Ella (*1913) Omi väterlicherseits in Hessen
Buz (Wolfram), mein Papa (*1938)
Rehlein (Erika), meine Mutter (*1939)
Ming (Iwan), mein Bruder (*1964)

August 2001

Mittwoch 1. August
Aurich/Ostfriesland

Sonnig, und doch ein wenig verquollen.
Am Nachmittag hing über dem spekulatiusförmigen
Haus gegenüber eine tiefgraue Wolke mit
menschlichen Zügen,
die mich aus zusammengekniffenen Augen
trübe zu mustern schien

Beim Üben auf der Violine dachte ich mir eine Tragödie im Hause der Großeltern S. aus, die zumindest stimmen *könnte*, da die Großeltern immer so ein Getue drum veranstalten, wenn man sie bittet, einen Abend lang auf ihre kleine Enkelin Edith aufzupassen. Keine Ausrede scheint ihnen zu entlegen, um sich vor dieser sauren Aufgabe zu drücken.

Gestern abend mußten sie sich aber doch hierzu überwinden, da Schwiegersohn Joachim bei einem Konzert im „Musikalischen Sommer" mitwirken mußte, dort nicht ohne seine Gattin erscheinen wollte, und man sich somit genötigt sah, die kleine Edith bei den Großeltern abzustellen.

Kaum waren die Eltern aus dem Hause, da fing die Edith laut zu heulen an.

Dem Stiefopi Berti wurde ganz kribbelig zumute. Er bangte um seine Sportschau, *so daß er in seiner Not ein Taschentuch mit ein wenig Chloroform tränkte, und dem plärrenden Bündel auf's Gesicht drückte.*

*Die Edith atmete die giftigen Dämpfe ein, das Geplärr ebbte ab, und das kleine Kind verlor das Bewußtsein, so daß der Berti ungestört seine Sportschau anschauen konnte.*
*Zwei Stunden nach der Sportschau lag die Edith noch immer auf dem Bett, und rührte sich nicht mehr.*
*In aufkeimender Panik schlug der Berti mit nassen Lappen auf das kleine Kind ein, schüttelte und rüttelte es...*
*Als Scheinwerfer vor dem Fenster die Heimkehr der leiblichen Eltern ankündigten, rührte es sich noch immer nicht, und erst als die Türe quietschte, schlug die Edith die Augen wieder auf, und setzte das Geplärre fort.*
*Und plötzlich war dies die schönste Musik in den Ohren von Stiefopi Berti.*

Wir freuten uns über den Besuch zweier Damen, die am ovalen Tisch Platz genommen hatten: Petra, Buzens Bratschenschülerin aus dem Schwabenland, und Lipi, eine taiwanesische Pianistin aus New York, die zusammen mit ihrem 17-jährigen Sohn Nate, einer Einladung Buzens gefolgt, und zu uns nach Ostfriesland gereist war.

Ich servierte Tee, und die Lipi erzählte, daß der Nate, der bei friesischen Gasteltern Unterschlupf gefunden hat, am Telefon immer so kurz angebunden sei. Sie hatte doch bloß wissen wollen, wie es ihm gehe, doch er brummte nur, daß er soeben geschlafen habe und nicht in rechter Stimmung sei, mit seiner alten Mutter zu plaudern. Batsch – aufgelegt.

Er liebt ein Mädchen, doch es erwidert seine Liebe nicht, und so ist er traurig, während die Lipi z.Zt.

fröhlich ist, da in Amerika ein lieber Mann namens John auf sie wartet und sie hinzu vermisst, wie die täglichen E-Mails erzählen.
Der Nate hätte viel lieber eine blonde, normale amerikanische Mutter, und wenn Freunde kommen, so ist ihm die Lipi als Taiwanesin immer sehr peinlich, und er wünschte, die Freunde würden denken, dies sei nur eine simple Haushaltshilfe.

Wenn ich in den zweiten Stock hinaufstieg, kam´s mir zuweilen so vor, *als wolle die Treppe währenddessen immer höher und steiler werden, und nie mehr aufhören, vor meinen Augen weiter in die Höhe zu wachsen* – so angestrengt fühlte ich mich. *Man wagt es ja nach einer Weile kaum noch, sich umzudrehen und hinabzublicken – und tut man´s dennoch, so wartet womöglich ein gelinder Schreck? Wie von einem hohen Wolkenkratzer herab blickt man auf den Fuß der Treppe, vor dem sich die abgestellten Pantoffeln bröselklein ausnehmen.*

In der Zeitung las ich, daß eine Dame, die am 31.10.1899 geboren wurde, starb.
Somit hat sie das ganze 20. Jahrhundert von der ersten bis zur letzten Sekunde miterlebt.
Dies bewegte mich.

Abends wurde ich in meinem Zimmer so nett vom süßen Ming umarmt, und Ming duftete so fein nach frischem Hemd.

Donnerstag, 2. August

Schön sonnig und warm

Beim Frühstück zu Mings Klaviergedonner sprachen Buz und ich über die ausgesuchten Werke für das geplante Konzert „Humor in der Musik".
Am Morgen hatte Ming bereits mit dem Studium einer Komposition von Jean Françaix begonnen, und Buz hatte zu den stakkatierten Achteln, die witzig sein sollen, ganz irr und rhythmisch gelacht, so daß es klang wie in einem modernen bizzaren und wachrüttelnden Theaterstück.
Im Vorzimmer raschelte Frau Meyer.
„Da kommt unsere Ordnungsfee!" rief ich zärtlich und erfreut.

Ich rief die Petra an.
Die durmelige Petra stak noch so halb im Bettgeschehen, und doch geriet ich gleich in Plauderschwung. Ich erzählte der Petra von dem Quartett aus Hamburg, das Haydns Scherzquartett überhaupt nicht witzig gespielt habe, und lenkte das Fokussierungsglas der Erzählkunst auf die Geigerin Anja D., indem ich das Bild der drei anderen Quartettmitglieder um sie herum, verschwimmen ließ.
Ich berichtete, wie ich sie zunächst leicht um ihre Jugend beneidet habe, doch sie trägt eine Brille und ihr Wangenspeck schien mir allzu üppig, zumal er beim Geigenspiel leicht zitterte, so daß die Jugend in

ihrer bloßen Form das einzige blieb, um das man sie beneiden durfte.

Wieder kam die Lipi zu Besuch.
Der aufmerksame Ming sorgte dafür, daß die Lipi gemütlich hinter einer dampfenden Tasse Tee zu sitzen kam, und es ihr an nichts mangelte.
Auf humorvolle Weise richtete ich eine imaginäre Kamera auf den plaudernden Ming. Ich fand, daß Ming so anregend plauderte, und so wollte ich diese kostbare Zeit mit dem klugen Ming für immer und jederzeit abrufbereit in meinen Erinnerungen archivieren.
Ich erzählte Ming und Lipi, daß ich sonst leider kein Englisch verstünde, doch wenn Ming auf englisch spricht, verstehe ich auf wundersame Weise jedes Wort – gerad wie in einer Rübezahlgeschichte.
Man sprach über Nates Pubertätsprobleme, und daß er ein wenig komisch läuft, weil er sich in seiner Haut verlegen und unwohl fühlt – solcherart vielleicht wie andere in einem zu engen und unpassenden Anzug.

Mittags kam der Franz zu Besuch, und überreichte mir eine riesige schwarze Mappe mit Orchesternoten. Auf dem Deckblatt las ich sodann, daß demnächst zwei Tage lang jeweils sechs Stunden geprobt würd.
Mir kam es vor, als müsse man für zwei Tage in den Knast einrücken, und während es mir noch so vorkam, fiel mir ein Bankraub-Schüttelreim ein:

*Ich bin hier, Euch abzuknallen,*
*sagte er ganz knapp zu allen.*

Am Abend fand unser Konzert in der Kirche in Stapelmoor statt.

Vor dem Konzert:
Ich behauchte den Tone am Klavier mit einem zarten Kuß, über den ich später sagen sollte: „Ich hab dir vorhin einen zarten Kuß gegeben, der jedoch unerwidert blieb."

Die Kirche steht auf einem kleinen Friedhof, und da in diesem winzigen Ort nur selten jemand stirbt, sind die Gräber z.T. über hundert Jahre alt.
Thomas und Christoph-Otto versuchten sich durch Namen auf den Grabsteinen für die Namensgebung ihres Nachwuchses inspirieren zu lassen, da es ja doch gut überlegt sein will, einem zur Stund´ noch gänzlich unbekannten Menschen einfach einen Namen überzustülpen? Das Kind wird gezwungen, sich in den Klang dieses Namens hinein zu entwickeln, und ihn lebenslang mit sich herumzutragen wie eine unabschrubbare Bestempelung.

Beim letzten Konzert in Stapelmoor vor einem Jahr hatte ich mich auf dem Friedhof noch mit Herrn Heike unterhalten, doch heuer ist er gar nicht

gekommen, und Ming meint, er sei vielleicht altersdepressiv?
Davon tat mir Herr Heike so leid, daß ich ihn am liebsten angerufen hätte.

Doch dies löbliche Vorhaben mußte verschoben werden, denn nun hub das Konzert mit Prokofieffs Duo Sonate an.
Die letzte Seite ist so kompliziert, daß man sie unablässig proben müsste, denn beim kleinsten Schnitzer wären die beiden Geiger hoffnungslos verloren, und der gute Eindruck, den man zuvor hinterlasssen haben mag, stürzt wie ein Kartenhaus in sich zusammen.
Franz und ich hielten uns wacker, doch ausgerechnet auf der so emsig geprobten letzten Seite, wurden unsere Bemühungen von den Kirchenglocken überschallt.

Nach dem Konzert befanden wir uns inmitten einer Traube begeisterter Gratulanten.
Der kleine Martin hüpfte auf Buzens Arm, gab ihm einen innigen Kuß, und mit dem anderen Arm umarmte er mich und wollte, daß wir ganz eng beieinander stehen bleiben mögen – und zwar so lang wie möglich!

Freitag, 3. August

Graumeliert. Am Vormittag direkt ein wenig trüb

Als ich erwachte, fühlte sich mein Kopf an wie ein Wecker mit ganz vielen wirren Drähten innen, die wiederum ähnelnd dem Geäst eines Apfelbaumes dringend zurechtgestutzt werden sollten, da ich mich gedanklich beständig mit Dingen beschäftige, die ich eigentlich doch schon hätte abhaken können – wie beispielsweise dem Repetieren von Prokofieffs Duo-Sonate.

Fahrt nach Hamburg.
Ich las Ming aus dem Roman „Dämon hinter Spitzenstores" vor, doch wir kamen nicht sonderlich weit damit, und dabei war ich doch so spitz darauf, den sympathischen Mieter Anthony Jones, der mich so an Ming selber erinnert, durch Mings Sinne neu kennenzulernen.
Einmal erzählte ich Ming von meinem stark eingeschrumpften Interessensradius, von welchem ich nicht weiß, ob er die Ursache für oder ein Resultat meiner verlorenen Fröhlichkeit ist, und zählte all das auf, was mich nicht interessiert – angefangen von Fußball über Formel Eins so quasi alles!
„…doch. Ich hab schon noch Interessen!" sagte ich nach einer Weile, „ich schaue gerne in menschliche Abgründe hinein."

Dann referierte ich Ming über mein unerklärliches Augenleiden an: Es ist als haben die Tränendrüsen ganz plötzlich ihre Funktion eingestellt – grad so, wie in der welkenden und gilbenden Hülle der Queen Mum ganz plötzlich der Zapfhahn für die Erstellung der roten Blutkörperchen abgedreht worden sei, wie in deutlich weniger poesievoll gewählten Worten heute in der Zeitung zu lesen war.
Dann wiederum erzähle ich Ming, wie sich die diversen internationalen Cellisten immer gerne mit dem Namen „Gililov" schmücken und hervortun.
Sie sagen Dinge wie beispielsweise: „Letzte Woche habe ich in Israel Brahms mit Gililov gespielt!"
Ein Mensch, den keiner je gesehen oder gehört hat, der aber in den sog. „Insiderkreisen" auf geheimnisvolle Weise in aller Munde ist.
Die Musiker spielen Spielchen mit einander, rücken Namen wie Halmafigürchen auf einem Spielbrett herum, und Ming könne den Cellisten den Mund mit unglaublichen Angeboten wässrig macht:
„Hast du Ende April Zeit? Théatre des Champs Élysées in Paris? Die zahlen erstaunlich gut!"
Doch kurz vor dem anvisierten Termin ruft Ming wieder an und sagt: „Jetzt macht´s doch der Heinrich Schiff! Tut mir leid. Der Veranstalter wollte kein Risiko eingehen."
Einmal staken wir in einem Stau, und kamen nur ganz zähflüssig voran. Wertvolle Zeit wurde uns abgeknappst, so daß wir mit einem Zeitpaket aus welchem viel Luft entwichen war, in Hamburg ankamen.

Zum ersten Mal stand ich solcherart in der Straße, wie heutzutage alle Menschen: Nämlich mit dem Händi am Ohr.

Ich erzählte Ming, daß unsere Nachbarn, die Grillparzers, seit zwanzig Jahren alleine mit ihrer Tochter so vor sich hinleben. Zum ersten Mal in all den Jahren bekommen sie einen Gast, und hinzu aus dem fernen Amerika, so daß sie diesen ersten Gast seit zwanzig Jahren (seit der Ankunft ihrer Tochter Nele), in der letzten halben Stunde vor seiner Ankunft plötzlich gar nicht mehr erwarten können: Die Robin, eine Geigerin aus San Francisco, die wir heut in Hamburg abholten. (Sehr nett!)

Samstag, 4. August

Zuerst trostlos grau und nieselnd.
Am Spätnachmittag wurde es schön

Am Morgen hat Ming die Robin mitgebracht, weil die Grillparzers doch sehr „deutsch", und hinzu ein wenig steif seien, so daß sich die Robin bei denen nur sehr bedingt wohlfühlt.
Ich selber radelte unter dunkelgrauen Kumuluswolken zunächst zum Bioladen.
Auf der anderen Straßenseite wackelte Frau Rautenberg in ihrem Gehkäfig, wenn auch leider in häßlich zackigen Bewegungen, recht flott daher.

Zuerst wollte ich nach Erwachsenenart stringent weiterfahren, doch dann dauerte mich das alte Knochengestell, und beim Bremsen quietschten Rehleins Radbremsen auf's Abscheulichste!
Leicht scheinheilig frug mich Frau Rautenberg mit ihrem etwas öligen Gesicht aus, ob Rehlein wohl auch da sei?
Gestern habe sie bei Dunkelheit eine Frau in Buzens Auto schimmern sehen... und ich mußte gleich eifersüchtig mutmaßen, ob dies wohl schon wieder die ewige Koreanerin Gloria gewesen ist?
Ich stellte mir vor, wie Buz die Gloria wie selbstverständlich mit in den Süden nimmt, und die Omi in Grebenstein dauerte mich auch: Wie der Herr Sohn ständig dieses, in den Augen einer Seniorin gräßliche Mädchen, das noch nicht einmal gescheit deutsch spricht, mitbringt.
Würd's die Oma ihm untersagen, so würde Buz eben mit der Gloria ins Hotel gehen, was er ja ohnehin viel lieber macht.

Ich stellte mir vor, *wie die Gloria auf einem einsamen Autobahnrastplatz kurz entschwindet, und wenn sie zu Buz ins Auto zurücksteigt, da ist sie plötzlich nackt, und Buz glaubt, er sei im falschen Film.*
*„Herr Purofessa – ich friere so! Bitte wärmen Sie mich!"*

Mings Exe Gerswind kam zu Besuch, und als Ming durch die Türe trat, busselte ich auf ihn ein. Doch im Gegensatz zu früher, tut der gereifte Ming nun nicht mehr so, als sei sein Hals nur ein dünner Stengel, auf dem der beküsste Kopf nun eine Weile lang wild herumwackeln muß.

Die Gerswind erzählte von ihren Kindern, und wir erfuhren, daß die kleine Gesine so geschwollene Augen hatte, daß sie ins Krankenhaus mußte, und außerdem habe sie beim Hörtest so deprimierend schlecht abgeschnitten.

Die kleine Daaje hingegen hat ein ganz tolles Zeugnis mit nach Hause gebracht: In jedem Fach eine Eins, und bloß in Mathe eine Zwei.

Dem Mittagessen sah ich mit gemischten Gefühlen entgegen:
Wir sollten uns mit Buzen in der Markthalle treffen, doch ich hatte Angst, daß schon wieder meine neue koreanische Stiefmutti dabei säß.
Schließlich fuhr ich aber doch mit.
Am Markthallenbeginn, dort, wo man im Freien sitzen kann, sieht's aus, als säße man in einem Schiff, und dort saß Buz ganz harmlos mit unserer langjährigen lieben Freundin Veronika.
Über die Veronika sagte ich keck zur Robin: „This is my mom!"

Eigentlich war das Mittagessen nicht so schön:
Es herrschte eine häßliche graue Wetterlage, und der Marktplatz sah nach dem Marktspektakel so unordentlich aus, daß ein Säuberungsauto geräuschvoll darauf herumfahren mußte.
Vor dem Portal stand Martin R. mit seiner Frau, die bereits wenige Jahre nach der Eheschließung zu

gilben begonnen hat. Das gemeinsame Söhnchen Valentin saß auf einem Bronzeschwein.

Neben Arnos begeisterter Rezension vom Konzert in Stapelmoor, konnte man lesen, daß eine Dame heute 100 Jahre alt wird. Auf dem Foto sah die Betagte schon sehr alt aus, und ein Auge fehlte ganz. Dort, wo es vormals stak, befand sich nur mehr ein Runzelacker. Ob dies wohl noch eine Freude für die Verwandtschaft ist?

Ming und Robin saßen beim Tee, doch dies erfüllte mich nicht mit Eifersucht, da die Robin ja ein fülliger Typus ist, und sich Mings Gefühle für dicke Frauen in warmer Kameradschaft erschöpfen, wie ich weiß.
Ich wurde fröhlich und sang alles was ich sagen wollte auf die Melodie von Haydns Scherz-Quartett. Ming, wenn auch auf gutmütige Weise, meinte, ich sei ganz infantil geworden.
Ich aber war gereift, und sagte einsichtig:
„Das ist mir auch schon aufgefallen! Das muß nun wieder anders werden."

Am frühen Abend wollte Buz mit seinen Schülern ein kleines Vorspiel veranstalten.
Ich beschloß, wie schon so oft, „gut" zu werden: Egal wie die Gloria spielt: Wenn Buz zu mir herüberschaut, dann wollte ich den Kopf leicht in den Nacken biegen, und ein wenig damit herumwackeln, um eine Geste des Entzückens zu symbolisieren.

Folgendes gab es zu hören:
Gloria und Paul mit Mozarts B-Dur Sonate.
Als nächstes spielte die Han-Lin mit der Lipi Schuberts h-moll Rondo, und an einer Stelle flog die Geigerin leider raus, so daß sie verlegen kichernd innehalten mußte.
Die Gerswind spielte fünf leicht depressiv klingende Werke von Herrn Heike, zu welchen sie sogar reden mußte.
Ich fand die Gerswind so entwaffnend und entzückend.
Dann spielte die Gloria ganz hingebungsvoll Brahms´ A-Dur Sonate, und die Han-Lin hatte eine ganz wütende Ausstrahlung bekommen, weil sie die Gloria wahrscheinlich nicht leiden kann.
Hernach spielte die Han-Lin die Tzigane von Ravel, und hinterher gratulierte ich allen sehr warm.
Der süße Buz frug: „Hat es dir Spaß gemacht?"
„Jaaa!" sagte ich mit der größten Wärme, so wie ich es auch fühlte.
Ich liebte Buz unglaublich.

Daheim begrüßte ich unseren nächsten Gast:
den Dimka, einen Asketen mit Pferdeschwanz, der seinen Lebensweg barfuß zu durchschreiten pflegt, um sich der Erde noch verbundener zu fühlen als jemand, der Schuhe an den Füßen trägt.
Wir führten ihm jenes lustige Video mit Gidon Kremer als Paganini-Interpreten vor, der sich an einer Stelle mit einem lauten Knall ein Haar auf

seinem Kopf auszurupfen scheint. (Ein Pizzikato, mit großer Geste gezupft.)

Die 13. Caprice, vom Gidon derart überinterpretiert, empfand ich als unpassend eingefangen, und so sagte ich: „Findest Du nicht, daß der Bombast der Interpretation in keinem Verhältnis zum Inhalt dieses rührenden einfachen Werkes steht?"

Doch der Dimka ist darauf konditioniert, den Gidon als Heiligen zu betrachten, dessen Interpretationen unantastbar sind.

Abends telefonierte ich mit Rehlein:
Dem Opa geht´s, ähnelnd der Queen Mum, nicht so gut, weil´s so heiß ist.

Sonntag, 5. August

Etwas trübe und nieselnd regnend.
Erst am Abend wurde es schön

Der Franz fühlte sich leicht vor den Kopf gestoßen, weil ihm niemand gesagt hatte, daß wir heute noch ein anderes Werk aufs Programm setzen würden – ein scherzhaftes Werk, von welchem uns der Moderator Steven Paul, ein Herr, der wie ein fülliger Pelikan ausschaut, erst kurz vorher die Noten geben würde.

In großem Ernste und dem Bestreben, standhaft wie ein Zinnsoldat die einmal gefallenen Worte von niemandem hinwegpusten zu lassen, sagte der Franz, daß er das unbekannte scherzhafte Werk *auf gar keinen Fall* spielen würde.

Am Vormittag:
Sehr ernst, und hinzu auf eine Weise, als betrachte er die angebrachten Worte als unumstößlich, sagte der Franz zu Buzen: „Um zwölf kann ich auf gar keinen Fall!"
„Was hast du da vor?" frug Buz.
„Essen", sagte der Franz bestimmt, so daß man ein bißchen damit rechnen mußte, daß Buz vielleicht fünsch wird, da Buz die pingeligen Essensgewohnheiten vom Franz lachhaft findet.
Später stellte sich dann allerdings heraus, daß der Franz mit einer ganz komischen Asiatin mit Schmollmund und unguter Ausstrahlung zum Essen verabredet war, vor der er sich wahrscheinlich fürchtete, da aufschäumende Asiatinnen für gewöhnlich zum Fürchten sind.

Zur Mittagsstund´ kam der Onkel Hartmut angereist, und sprach eine Einladung ins Fischlokal aus.
Erfreut riefen wir den süßen Buz an, der versprach, das kulinarische Miteinander in seine dürre kleine Mittagspause hinein zu verweben.

Im Auto vom Onkel Hartmut entdeckte ich eine Karte zur Miss-Bonn-Wahl, auf welcher drei lebende Barbiepuppen abgebildet waren.
Der Robin erzählte ich somit einfach, daß mein Onkel als Juror zu einer Misswahl berufen worden

sei. Doch ob dies stimmt, weiß ich gar nicht. Die Hauptsache, es *könnte* stimmen.

Im Fischlokal ließen wir uns an einem fischförmigen Tisch nieder, und der Onkel staunte nicht schlecht, daß sein sonst so gemütlicher Bruder Buz von der Managerkrankheit erfasst zu sein schien, denn Buz mußte quasi unablässig mit dem Händi herumtelefonieren, so daß man ihn kaum genießen konnte.

Mittags verspätete sich der Abholdienst fürs Konzert.
15 Uhr war abgemacht - ich saß wartend auf der unteren Stufe der Treppe, und um 15 Uhr 37 war der Abholdienst noch immer nicht da.
Dreimal riefen wir die Helferin Conny an, und es hieß, es läge am Franz, der Hemden bügele.
Der warme Ming ärgerte sich so rührend für mich mit, und riet mir, ärgerlich zu werden.
Und im Geiste *hieb ich dem Franz eine Ohrfeige hinab, so daß er im Rest des Lebens nicht mehr mit mir reden tät, weil er nach chinesischer Tradition das Gesicht verloren hätt.*

Ich erfuhr, daß der Nate sein Haydn-Trio in der Probe nicht so besonders humorig gespielt habe, weil er sich heut schon wieder mit der Mutter gezofft hat, und der ungelöschte Ärger in sein Violinspiel hineingeflossen war.

Die Noten von dem kleinen scherzhaften Werk, das uns von Steven Paul kurz vor dem Konzert

überreicht wurden, waren so einfach, daß auch der Franz nicht weiter auf seine strengen Worte beharrt hat, - und unsere Scherze im Haydn-Quartett sorgten für große Erheiterung:
Als die Petra sich auf ihr Solo konzentrierte und soeben mit geschlossenen Augen damit anheben wollte, ertönte das Werk, von einem anderen Bratscher gespielt, hinter dem Vorhang hervor. Dies geschah dreimal – dann wetzte der Franz hinter den Vorhang, und zog den dreisten Melodiendieb (den Bratscher vom Jadequartett) hervor, um ihn auszuschimpfen und zu verdreschen!
Und dabei konnte der Franz ganz viel Dampf ablassen.
Ich war ein wenig verstimmt mit dem Moderatoren Steven Paul, weil er den lustigen Scherz am Ende des Werkes, - wenn alle klatschen sollen, und es dann doch noch weitergeht – einfach versaut hat, indem er dem Publikum den Scherz zuvor erklärt hatte!

Während der Feier nach dem Konzert:
Ich frug den Franz nach seinem ehelichen Glück nach nunmehr fast zehn Jahren aus.
Vieles sei Gewohnheit geworden, meinte der Franz ehrlich.

Montag, 6. August

Brummig, dunkelgrau, nieselnd.
Abends unglaubliche Duschregene

Ich träumte sicherlich ganz viel, doch die Träume verpufften mir noch während ich an ihnen herumrang, da sich unten in der Stube die Stimmen von Ming, Thomas & Buz in einer mit frohem Gelächter durchsetzten Morgenunterhaltung vermengten.

Als ich endlich am Frühstückstische ankam, hatte sich auch noch die Robin zu der Herrenrunde gesellt. Die Robin fühlt sich für mich so an, als sei sie meine Schwägerin. Eine Schwägerin, die man seit 33 Jahren nicht mehr gesehen hat, denn genau so alt ist die Robin.

Von Tag zu Tag verzögert sich der anvisierte Frischling vom Thomas.
„Ist das noch im Rahmen der Norm?" frug ich beim Teekochen sachlich, und fabulierte Ming damit an, wie's wohl wäre, wenn man jetzt allen Freunden und Verwandten schonend beibringen müsse, daß es sich doch nur um eine Scheinschwangerschaft gehandelt habe.

Zur Mittagsstund kam uns der Dirigent Michael Kühn besuchen, der ja durch uns plötzlich und unvermutet vom Amateurdirigenten aus Freiburg

zum Star der „Deutschen Grammophon Gesellschaft" mutiert.
Unfaßbar wär´s nun natürlich, wenn die „Deutsche Grammophon" an ihn heranträte und ihn bäte, die neun Symphonien von Beethoven neu einzuspielen? Die Wellenlänge war nicht schlecht, aber noch ein wenig förmlich, bzw. auftauungsbedürftig.

Einmal wollten wir Herrn Heike anrufen, der heuer gar nicht erschienen ist. Doch wir erreichten ihn nicht, so daß man ein bißchen damit rechnen muß, er sei vielleicht aus dem Leben geschieden?

Von Rehlein erfuhr ich, daß der arme Opa sich heute schon fast zu Tode verschluckt hat, und dabei ganz rot anlief, so daß das Kapitel „Opa" beinahe zuende gewesen wäre.
Doch das hat man über die Queen Mum vor vier Tagen auch gedacht, und zwei Tage später nahm sie die Glückwünsche zu ihrem 101. Geburtstag in bester Gesundheit und mit einem Lächeln entgegen.
Man sah allerdings auf dem Foto, daß ihre Runzeln und Runzelsrunzeln ganz zugepudert oder sogar zugespachtelt worden waren, und wenn sie lächelte, dann fiel vielleicht sogar etwas Putz ab.

Konzert in einem Schloß in Holland:
Ein bißchen hatte ich darauf gehofft, Buz käme auch, doch der Gedanke, daß er dann neben der verklärt strahlenden Gloria säße, gefiel mir wiederum

nicht, so daß ich ganz froh war, daß er doch nur
„vielleicht" gekommen ist.

Was für mich ein Alptraum wäre, ist für die arme
Gerswind blanke Realität geworden:
In der ersten Reihe saß ihr Vater, Bodo O. mit einer
Neuen an seiner Seite. Einer Dame namens Luise.
Mir – da ich für die abtrünnige Gerda O. ja nur
neutrale Gefühle hege, ist die Luise, - eine fröhliche
Frau mit schelmischem Lachen und einem
entzückenden, leicht aufgeworfenen kleinen
Näschen - allerdings keinesfalls unsympathisch.
Die Gerswind, die heut ein Werk von Kroemer(?)
auf ihrer Bratsche darbot, war zurechtgemacht als sei
sie die erste Dame des Landes, doch in der Pause
stellte ich für mich fest, daß ich mir mit der
Gerswind so gar nichts Richtiges mehr zu sagen
weiß.
Und dabei waren wir einst Schwägerinnen (wenn
auch uneheliche.)
Nach der Pause spielte der Nick Brahms´ F-Dur
Sonate auf dem Cello, die ihm noch etwas wackelig
in Kopf und Fingern zu sitzen schien? Zuweilen
hatte er die Ausstrahlung als würde er denken:
„Hääää?!?! Wieso steht denn da ein Fis? Da stand
doch gestern noch ein F!"

Der Tone war heut so entzückend:
Nach Art eines Onkels hatte er den Nate mit-
geschleift, und erklärte ihm auf seinem rührenden
Englisch, daß er und ich genau im Abstand von zehn

Tagen geboren wurden: Alles was *ich* denke, fühle auch er.

Der Nate ist sehr zärtlich und umarmt einen immer auf eine rührend unbeholfene Weise nach Art eines Zweijährigem, dem es von den Eltern so befohlen wird.

Dienstag, 7. August

Weißlich bewölkt. Nachmittags Sonnenschein. Dann Regen

In der Zeitung konnte man lesen, daß an einer Straße im Landkreis Friedberg schockierende, riesengroße Schilder aufgestellt worden waren:
**Julia Hose, 8 Jahre,**
**am 3. Juli zwischen 22 und 24 Uhr hier verbrannt!**
Darunter ein Foto, das die Julia zu Lebzeiten zeigt.
Die vorbeifahrenden Autofahrer durchläuft ein Frösteln, und Julias Mörder muß vielleicht ständig daran vorbeifahren, so daß er immer und immer wieder mit dem Geschehen konfrontiert wird, bis er vielleicht eines Tages die Nerven verliert und einen folgenschweren Fehler begeht – z.B. einfach an einen Baum zu fahren?

Der Nick pickte mich zur Brahms-Trio-Probe auf:
Die Schwiemu hatte ihm ihr kleines rotes Auto überlassen, welches vom Herrn Schwiegersohn nun fast eine Spur zu stürmisch genutzt wurde.

Im Auto wurde ich übermütig und lustig und fühlte mich an, als sei mein Mund ein Radio, das ganz von allein unterhaltende Dinge absondert. Ich konnte mich entspannt zurücklehnen, und meinen eigenen Worten lauschen.
Unfaßbar wär's natürlich gewesen, wenn dieses Radio mittendrin einfach die Verkehrsmeldungen von sich gegeben hätte.
Ich plabberte darüber, wie es wohl gewesen wäre, wenn in der gestrigen Brahms Sonate vom Nick – grad so, wie neulich in Haydns Scherzquartett als Scherz – schon wieder das Händi in seiner Frackhose geschellt hätte, und diesmal hätte man den Nick sagen hören:
„Ja, Mutter. Das nächste Mal werde ich mich besser vorbereiten!"

Unsere rumänische Pianistin Amalia war noch nicht eingetroffen, und so probten wir einfach zu zweit. Doch der Nick, der immer mit den Vorbereitungen hinterherhinkt – ähnelnd vielleicht einer Dame, die zum Abendessen geladen hat, und noch nicht einmal eingekauft hat, wenn die Gäste bereits im Flur rumpeln und mit ihren Gastgeschenken rascheln - spielte leider ganz schlecht!
In leicht variierter Form ging's mir ein wenig so, wie dem „Joachim aus Bad Frankenhausen", einem Herrn, den man in einer Fernsehdoku kennenlernen durfte, und der nach Rußland aufgebrochen war, um eine Frau zu finden. Er traf sich mit vereinzelten Damen aus einem Katalog, die auf seine Wünsche

zugeschnitten waren, doch in *einem* Falle verspürte er keine Lust, einen kostbaren Nachmittag mit einer häßlichen Apothekerin im Caféhaus zu verbringen, wo er doch schon mit einem Blick gesehen hatte, daß das nicht sein Typ ist!

„Soschaljenje!*" sagte er auf seinem besten Russisch, und die Apothekerin war ganz traurig und geknickt.

*Bedaure!

Ich hatte das Gefühl – das wird nichts. Ein Triospiel auf reiner Zählbasis!

Ich überlegte herum, wo und wie man wohl einen besseren Cellisten finden könne?

Der Nick wirkte auch nicht so ganz glücklich.

Nach einer Weile kam dann allerdings die Amalia.

Das Ausländerdeutsch von der Amalia machte mich ganz nervös, und ich mußte jeden Satz korrigieren, weil ich ihn so nicht im Raume stehen lassen wollte. (Da kam der Opa in mir durch.)

Ich schlug vor, daß sie mich einen Monat lang mieten solle:

Dann stehe ich immer in ihrer Aura rum und korrigiere jeden Fehler, und dann rafft sie´s vielleicht irgendwann?


Buz benahm sich so, daß Rehlein stolz auf ihn gewesen wäre, indem er sich nämlich spontan dazu bereit erklärt hat, mit „denen" (drei vom Jade-Quartett) das Ravel-Quartett zu spielen, so daß wir das Brahms-Trio auf reiner Zählbasis streichen durften..

Buz warm: „Das mache ich glatt!"

Ich zu Buz: „ Wir sind so stolz auf Dich!!!"

Spaziergang mir Buzen:
Ich stellte mir vor, wie ich Buz Folgendes sage:
*„Ich hab der Mama verschuftet, daß dir die Koreanerin überall hin folgt!"*
*Buz würde sehr erschrecken, doch die Worte: „Die Mama meint, du solltest die Kondome nicht vergessen", würden Buz augenblicklich solcherart wieder aufmuntern, wie jene Worte einst den Boris, die Mutti Elvira nach Publik werden der Besenkammernummer versöhnlich ausgerufen haben soll: „Dann haben wir jetzt endlich mal ein Mädchen in der Familie!"*
Doch während ich noch Überlegungen dieser Art anstellte, tönte Buzens Händi los, und es war die Gloria.
Dadurch, daß ich ja neben Buzen einherschlenderte, konnte Buz wohl schlecht sagen: „..so do I!" (Bildete ich mir ein.)


Im Güterschuppen probte der Dirigent Michael Kühn alleine vor sich hin, nachdem er heute schon so musisch bei uns daheim zu Mings Beethoven Konzert für ein imaginäres Orchester den Takt geschlagen hat. Er spricht immer so leise und nach innen gekehrt, daß man glauben könnte, man sei ganz plötzlich schwerhörig geworden.
(So, wie der Sägemörder damals vor Gericht.)

Die Probe mit der Amalia dauerte, wie ich freudig schon geahnt hatte, genau so lang, wie die Stücke lang waren.

Nach dem ersten Stück umarmte mich die Amalia ganz fest und sagte:

"Du bist <u>meine</u> Franziska! Nur meine…"

Wir plauderten ein wenig, und ich hatte dabei das Gefühl, daß wir dicke Freundinnen seien.

Über die schöne Gloria sagte die Amalia: „Ist nicht so mein Favorit. Zu viel Show."

Konzert der Meisterschüler:

…einmal spielte der Erik, der kleine, wendige chinesische Bratscher, der wie ein Eskimo ausschaut mit der Lipi die Hindemith Sonate, und ich fand´s so toll, weil es so wirkte, als sei dieses Werk nur für ihn, einen Diener des Kaisers von China, komponiert worden.

Dann spielten Gloria und Lipi die Debussy-Sonate.

Zuerst dachte ich freudig, es würde vielleicht ganz toll (so butterweich und zart), doch dann geriet´s leider stellenweise doch ein wenig maniriert.

Ming meinte, es sei gut gewesen, und man müsse ja nicht hinschauen, wenn sie, von den sinnlichen Wogen der Musik getragen, manchmal ein wenig irr aussähe?

Eine betrunkene Frau mit rotem Haar gröhlte immer ganz laut: „BRAAAVO!"

Mittwoch, 8. August

Düstre Monsunregene

Ich schlief gut, allerdings mit dem mulmigen Untergefühl, daß ich heute um Punkt zehne wie ein Arbeitnehmer im Dienst zu erscheinen hätte. (Orchesterprobe mit Prokofieffs „Peter und dem Wolf" im Saal der „Ostfriesischen Landschaft").
Ich fürchtete sehr um meine Pünktlichkeit – bzw. darum, wie ich mit meiner riesigen Notenmappe dort überhaupt hingelange, denn in der Nacht hörte man verschiedene, gischtende Monsunregene aufduschen, die die Graf-Enno Straße binnen Sekunden in einen reißenden Strom zu verwandeln schienen.

Doch ich schaffte es, und bald begann die Probe:
Ich saß ganz vorne – eingezwackt zwischen Franz und Marlies, und ganz am Anfang hat es noch ein bißchen Spaß gemacht, doch bald schon wurde mir schal und öd zumute, und ich frug mich, ob Michael Kühn mit seiner blonden Vorhangsfrisur, die ihm in Form eines großformatigen dreieckigen Lappens immer ins Gesicht weht und zurückgeschoben werden muß, vielleicht am Ende bloß ein Hobbydirigent ist, dem Unglaubliches widerfahren ist?
Denn seine Einsätze waren so komisch!
Sie passten überhaupt nicht zum Rhythmus der Musik, und wirkten wie mißverständliche Gesten, die man einfach nicht einordnen kann.

Bei einem Konzert mit seinem Amateur-Orchester in Freiburg wurde er von einem sympathischen Herrn (Buz selber) zu einem internationalen Festival eingeladen, und nun soll seine Darbietung gleich von der „Deutschen Grammophon Gesellschaft" mitgeschnitten werden.

Er unterbrach ganz oft, um irgendeine Banalität anzumerken, und redete so verspannt nach innen, daß man ein bißchen meinen konnte, man habe sein Gehör verloren, und hinzu sagte er ganz oft: „Sorry, sorry, sorry!"
Und außerdem machte die Probe wenig Sinn:
Z.T. klang´s nach einem „Music minus one"-Klangteppich, da heut die Bläser fehlten, die ihre Melodien drüber spannen müßten.
So nutzte ich die Pause, um zu türmen, wobei ich peinlicherweise von der Marlies erwischt wurde.
Doch die Marlies war gutmütig gestimmt und meinte nett, ich hätte keine falschen Töne gespielt, und drum dürfe ich auch gehen.
Ich fühlte mich ein bißchen schäbig und gemein, versuchte dies aber mit passenden Gedanken abzuschütteln:
„*Der* soll sich schäbig und gemein fühlen. So langweilige Proben abzuhalten!"

Grad so wie einst der junge Buz, hatte auch die Robin eines Tages dem großen Isaac Stern vorgespielt.
Ich hatte gemeint, Isaac Stern habe zu ihrem Spiel vielleicht gesagt: „I´m deeply moved!" und ihr seine Stradivari mit den Worten: „Spiel immer so schön

auf ihr!" überreicht. Doch stattdessen habe er nur etwas solcherart gesagt, daß man keinen einzigen Ton ohne Sinn spielen dürfe.

In „Brisant" erfuhren wir, daß es im Mordfall Julia eine brisante Spur gibt:
Ein Herr, der versucht hatte, im Keller etwas zu verbrennen, hatte schwerste Verbrennungen erlitten, und man weiß nicht, ob er mit dem Leben davon kommt? Sein Haus liegt zwischen Julias Elternhaus und dem Spielplatz, von welchem sie verschwand.
Wahrscheinlich wollte er irgendwelche Spuren verbrennen? Sogar seine Tiefkühltruhe wurde von der Polizei hinweggekarrt. Unfaßbar wäre es natürlich, wenn man dort drin die vier anderen verschwundenen Mädchen fände.
Am Abend kamen Buz & Lipi nach Haus, doch wo war Ming?
Ming sei in Holtrop abgefahren, doch zuhause kam er nicht an, und dabei wollten wir doch hier die Lipi verabschieden.
Ich schaute mit trüben Augen durch die verschmutzte Brille von oben auf die kalte, nasse Straße drauf und konnte es nicht fassen – wenn Ming jetzt tot ist, dann verliert mein Leben doch jeglichen Sinn, dachte ich unfroh, und mußte an die Familie Hose denken, für die der bitt´re Alptraum schon Realität geworden ist. Jemand aus ihrer Mitte fehlt.
Doch dann kam Ming doch.
Ergriffen und zittrig setzte ich mich auf eine Treppe.

Donnerstag, 9. August

Sonnenschein unter verquollener Bewölkung

Um zehn Uhr begann im Landschaftssaal die Probe.
Die Gloria verspätete sich leicht, und der Franz als gefühlter Primus und Klassensprecher ermahnte sie sachlich strenge, weil er dies nicht gutheißen konnte.
Die Gloria strahlte ihn zu diesem sachlichen Tadel auf ihre koreanische Art erleuchtet an, solcherart als verstünde sie Bahnhof, fände es jedoch andererseits ganz toll, was er da so sagt.
Heut trug sie ein buntes Minikleid, und als sie in der Pause mal etwas schrieb, bildete ich mir gleich ein, es sei ein Entwurf für einen Liebesbrief an Buz?!
„Wie sie wieder das bezaubernde Hascherl hervorkehrt!" dachten alle.
Doch zu ihrer Ehrenrettung sollte man auch konstatieren, daß sie genau das Gegenteil dessen verkörpert, was ich sonst immer so schmähe: Gefühlsverhaltenheit, Kühle, Sprödheit und Unnahbarkeit....
Einmal wollte ich den Nick nach Art einer amerikanischen Ehefrau „Honig" (Honey) nennen, doch ich nannte ich aus Versehen „Hering".

Der Flügel war aufgebaut worden, denn heute spielte Ming als Solist mit, und beim ersten Solo von Beethovens B-Dur Konzert konnte man es kaum glauben, daß jemand so fantastisch Beethoven zu interpretieren vermag?

Manchmal sang der Dirigent die Fortissimo-Stellen geradezu erschütternd intensiv mit, so daß man gemerkt hat, daß in ihm womöglich wahnsinnige Aggressionen mühsamst unter Verschluß gehalten werden müssen?
Vom Gefühl her würde er das ganze Instrumentarium um ihn herum womöglich am liebsten zu Kleinholz verarbeiten?
Einmal versäbelte er nach der Kadenz den Einsatz, und warf den Dirigierstab vor Wut enthemmt durch die Lüfte, so daß er hernach wie ein Meteor auf der Erde einschlug.
Dann bedankte er sich beim Orchester, daß alle trotzdem an falscher Stelle eingesetzt haben, denn im Grunde gibt´s nichts Schlimmeres und Demütigenderes für einen Dirigenten, als wenn er einen Einsatz gibt, und keiner einsetzt.


Freitag, 10. August

Oftmals prasselnder Schnürlregen
in grauer trüber Wetterlage.
Dann wieder Sonnenschein

Um zehn Uhr fand schon wieder eine Orchesterprobe statt, und so radelte ich hin, und war zunächst freudig verwundert, daß der Landschaftssaal ganz leer war.
Die Freude wurde mir rasch abgeknappst, doch die Verwunderung hielt an, denn ich wunderte mich auf

gleichmütige Weise, warum man das Geschehen aus diesem so wunderschönen Saal in den so häßlichen Güterschuppen am Bahnhof verlegen mußte?

Im Güterschuppen:
Ming saß bereits am Flügel, und sogar Buz hatte sich herbeibemüht, da sich in den letzten beiden Tagen düstere Wolken jener Art zusammengeballt haben, daß man sich frägt, ob Buz vielleicht einem schlichten Hobbydirigenten auf den Leim gegangen sein könnte, der dem Projekt gar nicht gewachsen ist?
Dadurch, daß der Thomas für unseren „Musikalischen Sommer" anteilnehmende Gefühle nach Art eines Fäns von „Werder Bremen" zeigt, schlich er gestern schon mit betretener Miene herum, und murmelte Dinge wie: „Blamiert mich bloß nicht!"
Das Blatt hat sich ein wenig gegen den Dirigenten gewendet, so daß er sich – so dastehend – womöglich wie in einer Stachelaura gefühlt haben mag?

In der Probenpause:
Die Gloria zeigte mir Fotos von ihrer Abschlußprüfung, wo man sie stark geschminkt mit kunstvoll ondulierter Frisur wie bei einer Eheschließung, und sinnlich verschraubten Blicken bewundern konnte.
Ich bildete mir gleich ein, *dies wäre als Annäherung einer künft´gen Stiefmutter an ihre Stieftochter gedacht.*

Als ich wenig später hören mußte, daß nach der Pause ohne Klavier am Beethoven-Konzert herumgebügelt würde, erfassten mich Fluchtgedanken.

Der Dirigent trat in einer leicht grotesk wirkenden Art auf Buzen zu, und stellte seinen hochgeklappten Schuh in einem bedrohlichen Winkel über jenen Buzens.

Eine Geste, die besagen sollte: „Oh nein, so leicht entkommst du mir nicht."

„Der Iwan hat sich von mir, glaub ich, ein wenig auf den Fuß getreten gefühlt!" sagte er unsicher, und mich ergriff eine mitleidsvolle Woge und das Gefühl, daß man dem Dirigenten doch auch mal etwas aufmunternd Nettes sagen müsse?

Z.B. auf Art von Frau Backe: „Schön, daß es dich gibt!"?

Wie von einer kleinen Windbriese gepackt wirbelte die Gegenwart um ein paar Minuten zurück, und liebevoll erinnerte ich mich, wie Herr Kühn beim Dirigieren manchmal tänzelte, um seine künstlerische Ader zur Schau zu stellen, und als ein Händi aufschrillte, meinte er, das mache ihn nervös.

(Später stellte sich heraus, daß dies Buzens Händi war, das in der Tasche der an den Kleiderhaken gehängten und vergessenen Jacke losgetönt war.)

Schließlich wurde die Probe fortgesetzt.

Um mir die Zeit zu vertreiben, betrieb ich wieder jenes Spielchen, mit dem ich mir schon in jungen Jahren im Bodensee-Symphonie-Orchester die Zeit vertrieben hatte: Jeden Musiker fünf Minuten lang zu betrachten und mir vorzustellen, dem hätte ich soeben auf dem Standesamt das Ja-Wort gegeben, und nun gehöre er mir. Und dann malte ich mir fünf Minuten lang aus, wie das Leben an seiner Seite wohl so ausschauen könnte?

Gegen Schluß machte mich die Probe schier wahnsinnig, weil der Dirigent ständig unterbrach, und dabei so nervös mit dem Dirigierstab gegen das Notenpult hieb. Außerdem sagte er so oft „Sorry" und beugte sich so tief in die Noten, daß er das Notenblatt mit dem ganzen Gesicht bedeckte, um den Anschein zu erwecken, als sei er praktisch blind, und dabei trägt er doch einen Zwicker auf der Nase, und dann trichterte er die Ohren, so als sei er taub.
Der Flötenbläser Jens Becker erntete mal einen Lacherfolg, als er sagte: „Ich hab immer Probleme, wenn ich Sie anschaue"…dies war aber nicht bös gemeint, sondern bezog sich nur auf die Sonne, die den Kasper am Dirigierpult in flammendem Lichte aufscheinen ließ – doch, daß die Musiker alle gelacht haben, das war eine leichte Gemeinheit.

Wieder daheim:
Ich entfaltete das Tagesblatt, und las in meinem Schaukelstuhle die unfaßbare Geschichte über den schwerverkohlten Thorsten V., der in seinem Keller mit Benzin herumhantiert hat, um Spuren im Mordfall Julia zu verbrennen. Doch dann gab´s eine Verpuffung, und der Familienvater stand in einer 1000 C° heißen Stichflamme.

Später erfuhr ich in „Brisant", warum Thorsten V. sich verdächtig gemacht hat:
Er in seinem schwarzen VW wurden am 3. Juli in Tatort-Nähe zu später Stund´ wegen überhöhter Geschwindigkeit geblitzt!

Abfahrt zum Konzert.
Wie nicht anders zu erwarten, räkelte sich das süße Hascherl bereits in Buzens Limousine, doch Buz hat mittlerweile einen neuen Spezi gefunden: Einen sympathischen chinesischen Geiger aus Vancouver mit Strohfrisur, - und den nahm er als Sicherheitspuffer auch noch mit.
Im Auto zeigte uns dieser freundliche Herr Fotos von seinen beiden Kindern:
Einem Söhnchen, sechseinhalb Jahre alt, und einem kleinen Töchterlein, dreieinhalb Jahre alt. (Beide sehr süß, so daß der Herr froh und dankbar war.) „Hön wan-pi!" sagte er mit fröhlichem Lachen über die Kinder. Zu deutsch: „Sehr verspielt!"
Im Konzert:
Wir lauschten den Klängen von Robin & Ming und waren verzückt.
Einmal frug ich die Petra neben mir, ob die Koreanerin wohl in Buzen verknallt sei, und die Petra glaubt es auch.
„Ein <u>ganz</u> dummes Ding!" sagte sie auf ihre natürliche Art.

Samstag, 11. August

„Tief Ingmar":
weiß und grau bewölkt.
Englisch getöntes, trübes Regenwetter

Beim Frühstück frug ich Buz, ob seine Mutti früher wohl auch immer mit in die Violinstunde gekommen sei, um dann daheim mit ihm zu üben? Doch Buz meinte, daß sich seine Mutti weder für sein Geigenspiel noch für die Schule interessiert habe.

Prokofieff-Probe mit Otto Waalkes in Emden:
Wie Schmeißfliegen umschwirrten rasende Reporter die Bühne. Man schoss aus riesigen Kameras mit Rüsseln auf den ottO ein, der so quasi auf Tuchfühlung genau zwischen der Marlies und mir stand.

Gutmütig und unter der Prämisse, daß sie sich hernach bitte entfernen mögen, erlaubte ihnen der ottO ein paar Fotos.
Er beugte sich in unsere Noten hinab, und sagte extra für das Foto scherzend: „Das hohe C ist von immenser Bedeutung!"

Dann begann die Probe.
Ob der ottO wohl einen Blick für den Diener-Wangartigen Konzertmeister hatte? Einem Asiaten mit außerordentlich schön gerundetem Kopf, der so wunderbar deutsch gelernt hat, und sich immer so dichterisch ausdrückt, wie ich es ihm beigebracht

habe? Franz zum ottO: „Würden Sie vielleicht eine Spur hinwegrücken?"

Zur Marlies sagte der ottO mal: „Sprechen Sie Deutsch?" weil man das in Deutschland nicht mehr gewöhnt ist.

Der Thomas schlich leicht beklommen herum, weil man als Veranstalter immer damit rechnen muß, der Prominente würde ausrufen: „Unter diesen Umständen sage ich das Konzert hiermit ab!"

Der Dirigent war bereits schwer in Schweiß gebadet, und als er zum Einsatz ausholte, sah man, wie sein Ringfinger mit dem Ehering gezittert hat.

Nach dem ersten Orchestertusch sagte der ottO feierlich im Ausdruck:

„Peter und der Wolf. Ein musikalisches Märchen von Sergej Prokofieff!"

Etwas, das er doch <u>vor</u> dem Spiel schon hätte sagen müssen.

Der Dirigent hat ein übertriebenes Getue drum gemacht, wie schrecklich ärgerlich es sei, daß man daran nicht gedacht hatte!

„Mist!" sagte er mit zischendem „S" und großer Geste und ballte verärgert die Fäuste.

„VERDAMMT NOCH MAL!"

Und dabei war das doch überhaupt nicht schlimm, zumal es sich doch nur um die erste Kennenlernprobe handelte.

Man frägt sich nur, warum er wohl unterschwellig so aggressiv ist, obwohl ihm doch ein erstklassiges Orchester vorgesetzt wurde.

*Ob ihm wohl beständig von allen Seiten ein Besuch beim Psychiater nahegelegt wird?*


Die Dirigentennummer mit dem ottO war dann so lustig, und man sah, wie der Thomas im Saal vergnügt über die kleinen Hopser und Scherze gelacht hat.

Der Dirigent lachte auch manchmal, so daß man seine zusammengewürfelten Zähne sah, doch seine Grundstimmung wirkte nach wie vor verspannt und aggressiv.

Einmal rief er ganz verärgert aus:

„Dann machen wir in Gottes Namen jetzt Pause!" und quasi hintangeschmiegt:

„Ich hätte jetzt sehr gern den Haydn gemacht. Dann wären wir den nämlich los!"
Eine Stelle im ungarischen Tanz von Brahms sollte eine Biene verkörpern:
Wir mußten nur mit den Fingern auf den Saiten herumrutschen und dazu streichen, und ausgerechnet diese eine Stelle hatte Herr Kühn gestern plötzlich wie im Rausch penibelst auf Intonation geprobt!

Nach der Pause ging es weiter mit Ming als Solisten.
An einer Stelle verspielte Ming sich, und man hat gespürt, wie wohl dies dem Dirigenten tat.
Ein wohliger Ruck durchbebte seinen drahtigen Körper. „Schaut her: Der ist auch nicht perfekt!"
Nach der Kadenz raffte er den Einsatz immer nicht, so daß man davon ausgehen kann, daß sich in seinem Dirigentenhirn eine neuralgische Stelle gebildet hat.
Der Franz sagte einmal (leider wieder auf Ausländerdeutsch): „Jetzt spielen wir zehn Mal!"
„Bloß nicht!" sagte Herr Kühn erschrocken.
„Kommt! (Händepatsch) Zweiter Satz!"

Vor der Heimfahrt hatte ich eine ehefrauenartige Angst, die Gloria könne schon wieder mit uns mitfahren.
Sie tümmelte sich bereits so übertrieben in Buzens Nähe und tat so, als müsse sie eigentlich schnell noch etwas trinken, während die ganzen Orchestermitglieder doch bereits eilig zum Bus strebten.

In Wirklichkeit war´s nur ein Trick, um den Bus zu verpassen.

Aus lauter Angst frug ich schnell den Franz, ob *er* mit uns fährt, und sogar die Petra baggerte ich als Mitfahrerin an, weil ich sie z.Zt. so gerne hab.

Ich bilde mir ein, die Gloria hätte uns etwas solcherart nachgerufen, daß sie *auch* mitwolle, doch wir drehten uns alle nicht um, und liefen hoch stringent zu Buzens Auto, um es zur Gänze auszufüllen.

Im Auto frug ich Buzen etwas dreist, und sehr geradeaus vor Franz und Petra dran: „Bist du verliebt in die Koreanerin?"

„In welche?" frug Buz scheinheilig.

„In das Betthäschen!" sagte ich in herzlichem Tonfall wie eine Zehnjährige, doch später reuten mich meine Worte, und ich fand sie im Nachhinein so häßlich.

Plötzlich dachte ich ganz warm und auch reuezerknirscht, daß sich die gefühlvolle Koreanerin in Buz verliebt hat, weil er so süß ausschaut und so freundlich ist, und ich als Ältere und Reifere im Grunde kein Recht darauf habe, so herzlos und giftig auf diese ehrlichen Gefühle zu reagieren.

Herr Lee, jener sympathische Chinese, der vor einem Jahr mit seiner Familie nach Vancouver in Kanada ausgewandert ist, hat sich - von mir inspiriert - heute zusammen mit Franzens Hilfe ein Tagebuch gekauft, weil er ernsthaft damit anzuheben gedenkt, jeden

Tag Tagebuch zu schreiben. Und so hatte er heute schon ganz viel hineingeschrieben.

Den heutigen Bericht wird er als alter Mann einmal lesen, und da zerfallen die Jahre zu Staub, und er sitzt wieder mit seinem lieben Kumpel Franz und den Königs in Deutschland in der Teestube, *und damals hat der alte König noch gelebt!*

Eigentlich war Herr Lee bis vor kurzem der Chef vom Franz, doch die beiden befinden sich so etwa im selben Alter, freundeten sich an, und sind jetzt dicke Freunde, so daß von einem Chef/Angestelltengefälle in der Hierarchie keine Rede mehr sein kann. Herr Lee empfindet den Franz als gleichwertige Person, und begegnet ihm auf Augenhöhe und mit Respekt.

Dann verabschiedete sich Herr Lee mit seinem wunderschönen neuen Tagebuch auf unbestimmte Zeit aus unserem Leben.

**Nachtrag 2020:**
**Nie wiedergesehen. Und da so ziemlich jeder vierte Chinese mit Familiennamen „Lee" heißt, und uns der Vorname hinzu entfallen ist, wird es vermutlich schwierig, ihn jemals wieder aufzustöbern?**

Am Abend besuchte Herr Kühn Ming privat daheim.

Ich selber verhielt mich in meinem Zimmer unauffällig und leise, da ich dem Dirigenten wegen

seiner schmerzhaft anzuhörenden Stockschlägereien böse bin.
Von unten herauf tönte mir eines seiner ewigen „Sorry"s entgegen.
Dann aber wärmte ich mich im Garten doch wieder mit ihm an, weil er so überraschend warm und herzlich zu Ming sagte: „Jetzt bin ich wieder bester Laune!"

Sonntag, 12. August

Verheult, grau und verregnet

Heute erfuhren wir, daß der Thomas in der Nacht um 0 Uhr 30 wieder Vater geworden ist: „Johannes". Und für diesen Allerweltsnamen, mit dem heut fast jeder Zweite bestempelt wird, hat man nun die ganzen Grabsteine mit den uralten friesischen Namen studiert?
Als wir schließlich durch´s triefend trübe Wetter nach Emden fuhren, mußte ich darüber nachdenken, ob´s nicht ratsamer gewesen wäre, ihn nach dem „Tief" zu benennen, in das er hineingeboren wurde: „Tief Ingmar"?

Auf der Fahrt nach Emden erzählte Buz von einer Dame, die ihm gestern auf einem Schräghang bergauf mit dem Po ihres Autos die Frontseite des Seinigen leicht beschrammt habe. Die Frau war ganz erschüttert und entschuldigte sich multipel. Sie trug Sandalen, die doch im Auto striktestens untersagt

sind, doch Buz machte kein großes Theater drum, wenn er auch theoretisch hätte sagen können: „Sie brauchen mir nichts zu zahlen, wenn ich Ihnen dafür eine scheuern darf?"
Und damit hätte Buz nach Art vom Franz seinen ganzen Ärger abreagieren können, den ihm die Frauen schon bereitet haben.

Stellprobe in Emden.
Der Dirigent war sehr nervös, und hat ein verärgertes Getue drum gemacht, daß „die" von der Technik noch nicht da waren.
Beim Proben selber geschah etwas Unvorhergesehenes:
Buzens französischer Schülerin Marie-Helene brach mit einem lauten Krach die Bogenspitze durch, die womöglich kurz zuvor von jemandem, der anderen gerne kleine Bosheiten zufügt leicht angesägt worden war(?), so daß ein kollektiver Schrecken das Orchester durchbebte.
Die Gloria, die heut Frömmigkeit symbolisierende silberne Kreuz-Ohringe trug, ist gleich so gut gewesen, und gab der Marie-Helene *ihren* Bogen, da sie noch einen zweiten besäße. (Ohne Unterschrift – ohne Pfand, ohne gar nichts...)
Damit punktete sie bei allen.

Im zweiten Satz von Beethovens Klavierkonzert liefen Achtelrucks durch Franzens schmächtigen Körper, den er in ein Metronom verwandelt hatte,

weil der dumme Dirigent wahrscheinlich zu „schleppen" begonnen hatte?
Doch dies verdarb die Ruhe des Konzerts.
Nach dem Konzert umarmte sich Herr Kühn sehr heftig, in geradezu ungestümer Leidenschaft, mit unserem gloriosen Ming, und war dabei ganz schweißüberströmt. Für den Moment durfte er sich fühlen wie jemand, der ein Tor für Deutschland geschossen hat.

In der Pause begrüßte uns in der Bienenschwarmatmosphäre des Künstlerzimmers Ruth L., eine Dame, von der Buz ganz unverhohlen angeschmachtet wird, mit ihrem Sohn Jonas, bei dessen Anblick man einen leichten Schrecken bekommt, weil er so groß, dick und häßlich geworden ist.
Das einst so appetitliche kleine Baby, hat sich in ein Monster mit Brille und speckgepolsterten Händen verwandelt.

In der zweiten Hälfte wurde neben „Peter & dem Wolf" der lustige ungarische Tanz geboten, doch ich finde das Emder Publikum immer so langweilig und lahm.
Von meinem Platz aus konnte ich auf die ganze Familie Baumfalk draufblicken, die erfreut beieinandersaß.

Nach dem Konzert gab es noch ein Drama um den kleinen Johannes, meinen Patensohn:

Man hatte ihm etwas voreilig versprochen, daß er ein Autogramm vom ottO bekäme, und nun ging´s ihm nicht schnell genug damit.
Dann hieß es jedoch, der ottO sei schon vor den Schmeißfliegen der Gossenjournaille, die immer auf ihn lauern, getürmt, und für den kleinen Johannes brach eine Welt zusammen.
Ich malte ihm so gut ich konnte einen Ottifanten in sein Heft, und Vati Heiko hoffte verzweifelt, daß ihm das reichen würde, denn man weiß ja nie, ob der kleine Johannes jetzt womöglich bis an sein Lebensende weiterzuschmollen plant?
Später hat Herr Kühn dem Knirps geholfen, und zauberte ihm doch noch ein Autogramm des Flüchtenden herbei. Doch der Johannes mochte sich nicht beruhigen, und heulte immer weiter und immer lauter.

Ich merkte es mit dem siebten Sinn, wie sich die Koreanerin in meinem Nacken schon wieder in Buzens Aura räkelte.
Doch Buz ist merkwürdig zurückhaltend geworden, und dabei hatte die Koreanerin zuvor auf aufregend erotisierende Weise an einem Lutscher herumgelutscht.

Glorias kantig und hart wirkende Tante, eine zirka 61-jährige Dame, die mir nicht sonderlich sympathisch ist, hat für übermorgen eine Einladung ausgesprochen.

Ein besonderes Thema des Tages war's heut, daß der ottO vor der Darbietung gesagt hat: „Für dieses Werk braucht man ein Spitzenorchester, und an der Spitze eines Spitzenorchesters steht natürlich ein Spitzendirigent..." – ein paar Höfliche wollten für Herrn Kühn schon zu einem Applaus anheben, und Herr Kühn war bereits generös am Abwinken, - da sagte der ottO: „Leider hat der abgesagt, und stattdessen sprang Herr Kühn ein!" so daß es fast ein wenig zu viel verlangt war von Herrn Kühn, zu diesen Worten fröhlich mitzulachen.

Montag, 13. August

Trübe und verregnet

An der Frühstückstafel saßen unsere Kusinen Elisabeth und Susi.
Buz hatte mir bereits erzählt, daß das Elisabethchen eine echte Schönheit sei, und in der Tat! Eine Schönheit, die man in Öl fassen und gerahmt an die Wand hängen sollte, und diese Schönheit kräuselte nun zu meinen Erzählungen gutmütig amüsiert die Nase.
Nur das Suschen blickte stumm auf dem ganzen Tisch herum.
So, wie einst die Mutter vom Suppenkaspar.
Einmal kam aber doch Leben ins Suschen:
Als nämlich die Rede drauf geschwenkt wurde, daß man auf ihren Bruder Gerhard bislang leider nicht

stolz sein könne, da aus ihm noch nichts geworden sei.

Mit Gelegenheitsjobs verdient er etwas Geld, und verjubelt es alsbald – und alle paar Wochen meldet er sich daheim und sagt: „Mir geht´s so schlecht! Unterstützt mich bitte!"

Mit am Tische saß die Robin, und zudem Buzens serbische Schülerin Nataša mit ihrem Freund Miladin.

Buz, als Onkel leider eher etwas fahrig, hat so eine fantastische Wellenlänge zur Robin.

Was immer sie sagt: Der süße Buz bricht in freudiges, wieherndes Gelächter aus. (Grad so, wie der Gaßmann, wenn *ich* etwas sage.)

Nach und nach jedoch wurde es bei uns immer leerer, und zum Schluß saßen bloß mehr wir Königs mit unseren Kusinen zu Tisch.

Das Suschen, da noch nicht volljährig, wird leider mehr so nebenbei wahrgenommen, und da es mir so ernst schien, wie die Mutter vom Suppenkaspar, brachte ich ihr das Wilhelm-Busch-Album, um sie zu erheitern.

Darin las sie nun sehr konzentriert, schmunzelte aber nie.

Als der süße Ming sie allerdings mal frug, wie es ihr gefiele, sagte sie ernst:

"<u>Sehr</u> gut".

Fast alle ihre Lehrer, so auch den Klavierlehrer „Herrn Sonntag", der von Buzen so überaus geschätzt wird, („bei Herrn Sonntag scheint mir der Hartmut in wirklich guten Händen!") mag das

Suschen nicht so besonders, und doch besucht es freiwillig ein paar Leistungskurse in „Religion" und „Englisch" und geht manchmal anstelle vom Onkel Hartmut freiwillig in die Klavierstunde.

Als Ming seine junge Kusine, über die man ja praktisch gar nichts weiß, interessiert ausfrug, wirkte das Suschen sehr unruhig – wie bei einem Verhör.

Es nestelte nervös mit seinen Ärmeln herum und kratzte sich beständig verlegen.

Die beiden Mädchen, die sich – ein Herz und eine Seele – innigst lieben, sich ständig küssen und gegenseitig „Süßchen" und „Lisabettchen" nennen, mußten allerdings bald wieder nach Münster aufbrechen, weil sie die Wohnung so unordentlich hinterlassen hatten, und heut die Eltern aus dem Elsaß zurück erwartet wurden, wo sie eheliche Radelferien verbracht haben – solcherart wie einst die Kohls am Wolfgangsee.

Ming & Robin schenkten mir einen roten Rucksack.
Ich fand das Geschenk so wunderschön, und schwor mir, es wie ein Heiligtum zu behandeln.

**Nachtrag 2020:**
**Und diesen Rucksack benütze ich noch heut!**

Am Nachmittag besuchte ich die „Ostfriesische Landschaft", wo ich 4000 Mark hätte abholen können, doch der Dirk konnte oder wollte mir den Lohn nicht aushändigen.

Freuden erlebte ich allerdings dennoch:

Die Conny gab mir 50 Mark für verkaufte CDs, und eine Dame hatte auf die Rückseite des Fragebogens so warm über mich geschrieben, daß sie bei meiner Beethoven-Interpretation Tränen in die Augen bekommen habe.

Für die Robin kaufte ich zum Abschied zwei historische Milka Tafeln aus dem Jahre 1901. Damals, so bilde ich mir heute ein, lag bereits die Vorfreude auf Omi Mobbl in den Lüften – und schon ist dies Kapitel wieder vorbei!

Später erzählte mir Ming, daß der gottesfürchtige Jude in der Synagoge von Dornum so abscheulich und neurotisch mit ihm umgesprungen sei, daß die Robin total entsetzt war. Er verdrehte Ming die Worte im Munde, und reagierte auf jeden Satz unangemessen und unhöflich.
Dieser Herr war mir bekannt, denn einmal hatte auch ich zusammen mit Arno und Buz die Synagoge besucht. Es handelt sich um einen Menschen, der immer so hysterisch drauf schaut, daß jedes Herrenhaupt in der Synagoge mit einer kleinen Kipa bestülpt ist, und ich frug mich interessiert wie dies wohl sei – wenn jemand genau an dieser Stelle eine kleine Glatze trüg?

Dienstag, 14. August

Etwas heiterer

Ich träumte, *daß unser im wahren Leben lang verstorbener Onkel Giuliano bei Nacht einer Limousine entstieg, und auf seinen Schwager Buz zutrat.*
*Buz wollte es bei einem fahrigen Händedruck belassen, doch der gefühlvolle Onkel beugte sich zu Buzen hin, um ihm einen Kuß zu geben, und verbog bei dieser Gelegenheit Buzens Brillengestell sehr stark.*

Eine Sache lag mir am Vormittag im Magen: Die Einladung bei Glorias kantiger und strenger Tante „Frau Till" am Abend um 18 Uhr, und ich muß sagen, daß ich mich selten so wenig auf eine Einladung gefreut habe – nämlich überhaupt nicht. Sie fühlte sich an wie eine Vorladung.

Bald darauf verließ Buz das Haus, und kehrte den ganzen Tag nicht wieder.
D.h. einmal kam er doch. Als ich ihn auf dem Händi anrang, weil ich im Hause eingesperrt war.
Buz befand sich in der Musikschule.
Er würde gerade „allerlei in Ordnung bringen", sagte er vage, und man kann sich ja lebhaft vorstellen, was er dort wohl in Ordnung bringt:
Pädagogisch(?) an dem jungen koreanischen Girl herumzuzupfen?
Buz wollte zur Mittagsstund´ schon wieder in der Markthalle speisen.

„Willst du mitkommen?" frug er eifrig und nett, und ich hab immer die größte Angst, *Buz könne an diesem neutralen Ort versuchen, den Mut für dahingehende Worte zu bündeln, daß nun die Gloria die Neue an seiner Seite sei, und er mit ihr leben möchte.*

Ich hatte doch gemeint, die Einladung bei den Koreanern sei um 18 Uhr, und jetzt meinte Buz vage, es sei vielleicht um acht?
Bildlich stellte ich mir vor, *wie die unanfaßliche, eiskalte und vornehme koreanische Tante innerlich vielleicht ganz rabiat wird, wenn wir uns verspäten?*
Wir fuhren über Sandhorst hinweg zirka zehn Kilometer bis nach Wilmsfeld. Es wurde dörflich und fremd, und ich fühlte mich gar nicht mehr wie in Deutschland, sondern eher so, wie in einem ganz entfernten Land der Erde, irgendwo in Asien oder Südamerika.
Nach Buzens Erzählungen hatte ich mir Grandioses vorgestellt: Einen Palast von einer Pracht, die man bis dato nur aus Romanen kannte - doch es handelte sich schlicht um ein großzügiges Haus, und in der geräumigen Küche sah man Gloria und Marie-Helene bereits anmutig agieren. Sie schnippelten Kraut und lachten vergnügt im Duett.

Wir saßen im Freien vor dem Hause, und erstmal gab's ganz lange Zeit nichts, weil doch gegrillt werden mußte.
Man saß da wie bestellt und nicht abgeholt.

In der Grillecke befanden sich zwei Leute mit eher unheimlicher Ausstrahlung.

Ein heliumbefüllter, aufgeblasener massiger Koreaner, über den ich wenig später erfuhr, daß er Organist von Beruf sei, und eine ältere, gedörrte und leicht gebeugte koreanische Köchin, die uns mit Mißtrauen und unverhohlener Ablehnung begegnete, so daß man leicht drum bangen mußte, sie könne uns eventuell Gift ins Essen streuen?

Die Gloria saß neben Buzen.

Aber auch Petra und Tobisias hatten sich herbeibemüht. Der Tobisias war meist sehr schweigsam, und nur einmal sagte er in *scheinbarem* Interesse über die großen graugrünen Krautblätter: „Isch dös Kimtschi?" Doch niemand antwortete ihm.

Buz hatte gehofft, in diesen sonderbaren Leuten vielleicht potenzielle Förderer für unseren Musikalischen Sommer gefunden zu haben, doch im Grunde war es eher so, daß man den dicken heliumgefüllten Koreaner ins Zentrum des Interesses zu rücken suchte, indem die Dame des Hauses nun seine CD einlegte, so daß aufdringliches Orgelgetute den Raum beschallte.

Elgars „Liebesgrüße" in großem Ernst und ohne jeglichen Liebreiz einfach so herabgeorgelt.

Der Herr des Hauses, ein deutscher Geschäftsmann, ließ sich nur ganz sporadisch blicken – solcherart vielleicht, wie Michael Degen in jenem Film, in welchem er a) mit der Schwiegertochter in die Kiste hüpfte, und b) zu seiner Frau ganz unpersönlich „'n Abend" sagte.

Wir wurden über die Felder zu einem Rohbau geführt.
(Einem Gästehaus für Geschäftsfreunde.)
Das Haus roch so schön nach frischem Haus, doch Ming gefiel es nicht, und es schien ihm, als sei jede einzelne Türe darin durch Ärger finanziert worden, da der Hausherr Rechtsanwalt von Beruf ist.
Meine teuren Konzertschuhe wurden bei diesem Ausflug von Gras besudelt, und vor dem Rohbau saß der Anwalt und schmauchte ein Cigarettchen.
In seiner Aura fühlte ich mich allerdings völlig enthemmt – solcherart, wie die Gloria in Buzens Aura.
Er hatte soeben ein Telefonat geführt, und als er das Händi zusammengeklappt in in seine Hosentasche zurückgeschoben hatte, frug ich für eine reife Frau ungewohnt: „Wer war das denn jetzt? Die „Sekretäääärin"?"
Ich sprach´s so aus, daß man die Anführungszeichen regelrecht sah!
„Nur meine Schwester!" meinte der Herr unbekümmert.

Die Kritik in der „Welt" fand ich so blöd:
„Der wackere Pianist Iwan König blieb cool. Schließlich ist Beethoven ernste Musik."
Das fand ich so blöööööööd!

Mittwoch, 15. August

Sonnig und ganz heiß

Am Morgen raschelte unser erster Frühstücksgast auf: Die stille, bescheidene und fleißige Conny, die von Ming so gemocht wird.

Ming zeigte sich in äußerst lustigem und lebhaften Gewande, und ich liebe es, wenn Ming über den Anwalt gestern psychologisiert.

Ich hatte ja nicht zu denken gewagt, daß er doof sei, doch jetzt, wo Ming es sagte, ist es für mich sozusagen offiziell.

Ming erzählte, daß der Herr Edzard Till nach Art von Jörg Haider ständig von sich in der dritten Person spricht, und seinen eigenen Namen genußvoll auf der Zunge zergehen lässt – grad so, als sei die Rede auf einen Heiligen geschwenkt worden.

Für viele hunderttausend Mark kaufte er sich einen Stern, der jetzt offiziell seinen Namen trägt, und die Conny mutmaßte, daß dieser Stern bestimmt noch an einige Weitere verkauft worden ist, und wenn Herr Till dann tot ist und sich auf seinen Stern besinnt, haben dort noch zwei Weitere ihre Zelte aufgeschlagen. Doch er steckt dann ja nicht mehr in seiner irdischen Anwaltshülle, so daß ihm die Hände zu weiteren juristischen Schritten gebunden sind.

Am Tisch ging´s darum, daß der Franz mit seiner kleinen Familie nach Rom reisen möchte, und Buz sprach auf seine hilfswütige Art gleich davon, wie

willkommen die kleine Familie bei seiner Schwester Uta wäre!
Inspiriert durch diese Worte wandte ich mich an den Tobias zu meiner Linken und sagte, daß ich ab dem 27. August Urlaub zu machen gedächte – und zwar bei *seiner* Familie auf der schwäbischen Alb.
In Tobias´ Sinnen spiegelte ich mich als ungeheuer schwatzhaftes Ding, doch ich konnte mich nicht bremsen.

Frau v. d. Nahmer brachte uns einen kleinen, eingerollten Brief, welchen Rehleins Schüler Mark in den Lob & Tadel-Kasten geworfen hat.
**Die Familie König und Familie Stoppelenburg ist besser als Carrieras zusammen!** schrieb der kleine Mark schwer verständlich so doch in Überschwang, und Buz fand es entzückend.

Donnerstag, 16. August
Aurich - Bonn

Grau und trübe.
Erst in den Abendstunden wurde es ein wenig matt-vernebelt sonnig – erinnernd an ein geheimnisvolles Lächeln auf dem Gesicht einer Dame, die einem fremd geblieben ist

Am Morgen war das „Hoch Hilde" wie weggeblasen, und stattdessen lag ein drohendes Gewitter in den Lüften.

Wir tranken einen üppig aufgeschäumten Milchkaffee im Paradieseck der Markthalle, wo bereits drei Landschafts-Spezis Buzens träge wie Säcke herumhingen.
Bei ihrem Anblick fühlte ich mich ein bißl solcherart, als käme man in den Himmel, und da sitzen schon drei, die man kennt.

Der süße Ming radelte zum Reformhaus, und kaufte ganz viele Fruchtschnitten.
Rührend wie eine Mutti packte Ming die Köstlichkeiten in mein neues rotes Ränzl, und dann verabschiedeten wir uns so warm, wie man sich überhaupt nur verabschieden kann: Mit unzähligen Küssen und Umarmungen.

Abends bei der Tante Antje in Bonn:
Die Antje hatte Besuch, und ich wurde von einer Dame begrüßt, die mich einst als Säugling kennengelernt hat.
Rosemarie!
„Ach, Rosemarie Nitribitt!" rief ich unbekümmert aus. „Dann weiß ich Bescheid!"

Der Christoph-Otto hat seit heute um 14:02 ein kleines Töchterlein: „Mira Johanne", wie Buz mir am Telefon freudig mitteilte.

Freitag, 17. August
Bonn - Trier

Zuerst mild-sonnig. Aber abends regnete es

„Oh, du hast bald Geburtstag!" sagte ich zum Onkel Kläuschen, weil ich vor fast jeden Satz erst einmal ein verlegenes „Oh!" setze, bevor der Satz Fahrt aufnimmt und Kontur bekommt - besonders im Umgang mit Herren, die mich meist unnötig verlegen stimmen.
„Das sieht man dir so gar nicht an!" scherzte ich frisch.
Das Kläuschen liebe ich.
Wir sprachen über die Schwerhörigen unter uns, und das Kläuschen erzählte, wie seine Schwiemu einst vor dem Hause saß und frug, wo er herkäme?
„Wir waren im Wald!" sagte Schwiegersohn Klaus artig.
„Ja, es wird langsam kalt!" bestätigte die alte Dame.
„Nein. Wir waren im <u>Wald</u>!"
„Ja, ich werd langsam alt."
Omi Antje trug ihren zweijährigen Enkel Marius, der mich ernst musterte, auf dem Arm.

Später lockte sie mich ins Obergeschoß, wo ich das Cellospiel vom kleinen Marius bestaunen sollte.
Tatsächlich hörte man kraftvolle und ganz normale Cellotöne durch's Stockwerk dröhnen.

Der Marius hielt den Bogen in beiden Händen und bearbeitete das wie hingegossen daliegende Cello kunst- und kraftvoll.

Eine kleine Geige mit Kasten hat der Marius auch, doch sie muß immer bloß im Kasten liegen und schlummern, und wenn sie mal ausgepackt wird, dann wird der kleine Marius als stolzer Geigenpapi unglücklich und wimmrig.

Wieder bestätigte sich mein Verdacht, daß der Marius ein ganz und gar ungewöhnliches Kleinkind ist:

Jemand der im Jahre 1997 noch als vornehmer und unbeugsamer, stilvoll gescheiterter Senior in einer Altersresidenz gelebt hat, bevor der Storch ihn den Eheleuten Mai im November 1998 als ofenfrische Reinkarnation vorbeigebracht hat.

Zuweilen erinnert er mich fast ein wenig an den Opa – allerdings ohne dessen humorvolle Ader, wobei man zugeben muß, daß der Opa auf der B-Seite weiß Gott auch nicht sonderlich humorvoll ist.

Einmal störte es seinen Sinn für Ästhetik, daß das Kläuschen die Ketchup-Flasche einfach hingelegt hatte, und einmal wurde er quengelig oder auch ärgerlich wie ein alter Mann und sagte: „Nein! Ich bin kein Urenkel!"

Vati Heiner ist ein wenig verdrossen wegen seinem Erstling Florian, der den ganzen Tag nur vor dem Computer hockt.

Heiner: „Ich mach das nicht mehr lange mit!"

Mit einem zärtlichen Seitenblick auf den kleinen Marius, den er wie einen leiblichen Enkel ins Herz geschlossen hat, meinte Stiefopi Klaus: „Wenn der Florian nur 1% vom Marius hätt, dann wär das schon O.K."

Als ich das Geschirr in die Spülmaschine einräumte, sagte der Marius mehrfach mahnend wie der Opa: „Aber nicht den Kechup!"
Man wagt es kaum, an seinen niedlichen bloßen Beinchen, die in etwas zu großen Schuhen staken, herumzuzuzzeln. (Etwas, was bei anderen Kleinkindern eine Selbstverständlichkeit wäre), und als ich es dennoch mal tat, sagte er ernst:
„Das sind <u>meine</u> Beine!"

Am Abend verabschiedete ich mich nach Trier, um an den Moselfestspielen teilzunehmen.

Samstag, 18. August
Trier

Zwischen dünnbödig bewölkt und sonnig

Frühstück im Hotel.
In der „Gala" las man eine Geschichte über Anne-Sophie Mutter.
Anne-Sophie M. war beim Nobel-Italiener in München wegen ihrem klobigen Händi von einem Herrn ausgelacht, oder auch angemacht worden.

Die Geigengöttin hatte gemeint, es sei ein verkaufsaggressiver Vertreter, und ging kaum auf seine Anbaggerungsversuche ein.

Doch die Beschämung – hahaha! (dachte die Gala) – folgte auf großem Fuße.

Zwei Tage später schickte ihr der Unbekannte ein ultraflaches und ultraleichtes Händi, und es handelte sich nämlich um den Siemens-Chef „höchstpersönlich". (Illustriertenjargon.)

„Da wird die Mutter ja vor Scham in Grund und Boden versunken sein!" mögen „Die" von der Gala gedacht haben, doch ich stellte mir später genußvoll vor, wie die Anne-Sophie dem Spiel eine gänzlich andere Wendung gegeben hätt, wenn sie nämlich so gehandelt hätte, wie ich:

Damit hat der Siemens-Chef (eine Variation von Herrn Heike) nun wirklich nicht gerechnet, und nun beginnt sie ihn auch noch als Frau zu reizen:

*Die Anne-Sophie schickt ihm das Händi nämlich wieder zurück und schreibt:*

*„Was soll das? Ich hänge an meinem klobigen Händi. Meine Tochter hat es mir von ihrem ersten Taschengeld gekauft! Und einer Frau, die so viel Gold und Geld hat, daß sie den ganzen Marktplatz mit Silberlingen bepflastern könnte, ein Händi zu schicken und dafür auch noch Dankbarkeit zu erwarten, empfinde ich als grotesk.*

*Schicken Sie das Händi doch einem armen Menschen, der es nötiger hat als ich.*

*Antwort nicht vonnöten. ASM."*

Ein Schüttelreim:

*Wer sorgt denn für die Musik? Na, wir Klaus!*
*Wir wohnen doch neben dem Klavierhaus!*

Ich telefonierte ganz lang mit Ming, und erstattete einen kleinen Rapport, was aus dem Florian geworden ist und spürte, wie Ming mir durch den Hörer gebannt lauschte.
Vorallem jene Stelle interessierte den stets interessierten Ming:
Wie ich erzählt hab, wie der Ärger über den Florian dem Heiner ins Gesicht geschrieben stand, und wie der Heiner gesagt habe:
„Ich mache das nicht mehr lange mit."
Durch Mings Ohren hindurch erlebt man die unglaubliche Geschichte wie neu.

Trier ist schöööön!
In der Unterführung hatten böse Hände allerdings die Vitrine mit den schönen Hochzeitskleidern zerschmettert.

Sonntag, 19. August
Trier - Bitburg

Z.T. etwas sonnig,
doch meist graue, diesige Wolkenbildungen

Heute bezog ich die gutbürgerliche drei Sterne Herberge „Eifelbräu" in Bitburg.
Das Hotel hatte jedoch nicht die allerschönste Ausstrahlung auf mich: Die Dame des Hauses, ein blondes Suppenhuhn, sagte später, wenn man so an ihr vorbeilief, stets nichts.
Das erste Zimmer das man mir zuweisen wollte, roch so ekelhaft nach kaltem Rauch, und ich empfand´s als scham- und rücksichtslos von meinem unbekannten Vormieter, daß man seinem unbekannten Nachmieter das Zimmer derart müffelnd hinterlässt.
So sagte ich unten Bescheid, und die wortkarge Frau murmelte „Moment", so daß man sich erstmal nicht auskannte, und wie bestellt und nicht abgeholt an dem schwervertäfelten, kackbraunen Tresen herumstehen mußte.
Beim Warten erlebte ich folgende Szene:
Ein verhuschtes Zimmermädchen sagte zum Juniorchef: „Ihre Frau sagt…" doch der Juniorchef schnitt ihr fahrig und scharmfrei das Wort ab: „„..ja,ja ich weiß!" sagte er mürrisch, so daß das Zimmermädchen mit einem leicht begossenen Grundgefühl zurückblieb, das auch mich als neutrale Dritte beschwappte.

Ich lief durch die Bitburger Fußgängerzone und wurde sehr schlecht gelaunt, weil überhaupt nirgendwo ein Plakat von mir hing. Darüber hinaus atmete dieser leblose Ort nicht eben jenes Grundgefühl aus, daß sich die Stadt im Franziska-König-Fieber befänd´.
Meine Kirche, still und bescheiden an der Trierer Straße stehend, fand ich auch, und dort hing immerhin das Plakat im Glaskasten. Direkt unter einem Zettel, der die Frauen der Gemeinde zum Gedächtnistraining einlud.

Die Leute hier sind eigentlich durch die Bank eher stoffelig und unpersönlich, so wie´s halt eifelspezifisch sei – keine großen Kennenlernungsgelüste in einem auslösend.
Gegenüber vom Hotel befindet sich ein kleiner runder Park mit Bänken und Mülltonnen für die Fermaten des Lebens.

Wieder fühlte man, wie seltsam es doch sei, in einer Stadt abzusteigen, wo einen niemand liebt, und ich konnte mich plötzlich so gut in Herrn Heike hineinversetzen, der allen Mitmenschen im Grunde völlig wurscht zu sein scheint, und die wenigen, denen er vielleicht nicht wurst ist, die sind ihm selber nun wiederum wurst?

In der Zeitung las man über den 37-jährigen Helmut H. der am 8.11.1986 eine Discobiene ermordet haben soll. Doch das abscheuliche Verbrechen konnte erst jetzt anhand einer DNA-Analyse geklärt werden.

Nach dem Verbrechen versuchte Helmut H. gut zu werden. Er ließ sich zum Sanitäter ausbilden, und rettete mit Hingabe Menschenleben.

Montag, 20. August
Bitburg - Bonn

Diesig. Weißverschwadeter
eher herbstlich getönter Sonnenschein.
Abends ein leichter Regen

Ich träumte, *wie sich niemand traut, den Onkel Rainer zu bitten, seinen mißratenen Enkel Florian zu sich zu nehmen, da sich in der Familie Leutz der Gedanke eingenistet hat, der Rainer wäre ein Mensch, der sich vor der Verantwortung drücken möchte.*

*Umso überraschter war man, als am nächsten Tag ein langer und warmer — so jedoch leider umlautfreier Brief in schwindendem Deutsch aus Übersee mit folgendem Wortlaut eintraf:*

**„...von Kika horen wir, daß Ihr Euch mit dem Gedanken tragt, den Florian zu uns nach Canada zu schicken.**

**Ich mochte ausdrucklich betonen, daß er uns hier jederzeit auf's herzlichste willkommen ist.**

*Und sogar die Sharyn, im Alter warmherziger geworden, schreibt auf deutsch:*

**Wir freuen uns wirklich sehr auf den Floryan.**

*Onkel Rainer schreibt weiter:*
**Wir als Rentner haben es sehr gemuetlich und sind doch manchmal ein wenig einsam....**
*Und ab hier wird sein Brief poetischer und persönlicher:*
**Blicke ich zurueck, so blicke ich auf ein schoenes Leben zurueck – doch war es an der Seite von Sharyn und ohne Kinderlachen manchmal ein wenig karg...**

Im Radio hörte man, daß Thorsten V. so gut wie überführt sei:
Lattex-Handschuh, die zwei Kilometer vom Tatort entfernt gefunden wurden, überführten ihn.
An dem Tag, als die kleine Julia verschwand, war Thorsten V. allein zuhaus, und beging gleich einen großen Blödsinn: Ein kleines Mädchen zu ermorden! Dann wartete er unter größter Nervosität auf eine Lücke, wo er die Leiche entsorgen konnte – und so ist´s kein Wunder, daß er geblitzt wurde, weil er so nervös war, und hinzu in Eile stak.
Mit anderen Fällen konnte er hindess nicht in Verbindung gebracht werden, und so kann´s ja tatsächlich sein, daß er bis zu diesem Zeitpunkt gut war, oder aber das kleine Mädchen in betrunkenem Zustand totgefahren hat.
Die Freveltat geschah somit aus Angst vor dem Führerscheinverlust, im Affekt.
Der Anwalt seiner Ehefrau appellierte an die bösen Menschen, die seiner Mandantin das Leben zur Hölle machen:

Bis zu diesem verhängnisvollen Tag sei Thorsten V. ein absolut unbescholtener, normaler Mensch gewesen: Vater eines dreijährigen Töchterleins, der das Böse verabscheute.
Ein unfaßbarer Schicksalsschlag auch für seine arme Frau.

Bonn:
Einmal stellte ich mir bildhaft vor, wie ich aus heiterstem Himmel tot umfalle:
*Meine Hülle sackt zusammen und klatscht auf den Boden – die Menschen stürmen in fasziniertem Entsetzen zusammen.*
*Ich selber schwebe irgendwie im Raum, und das mit meinem sehnlichst herbeigesehnten Exitus ist mir nun doch etwas zu plötzlich gegangen.*

Bei Antje & Kläuschen.
Früher war Johann Sebastian Bach eine absolut anbetungs- und verehrungswürdige Person in Kläuschens Leben, doch über manche Texte in den Kantaten ist das feinfühlige und sensible Kläuschen ganz befremdet.
Das Wörtchen „Häme" lässt Bach auf unschöne Weise auf der Silbe „Hä" in Form einer Endlos-Koloratur aufdröhnen, was, so Kläuschen, abscheulich klänge.
Ich aber konnte Bach plötzlich so gut verstehen!
Wie er nämlich an Aggressionen gelitten hat.
Aggressionen, die man mit Vernunft nicht plätten konnte, so daß sie in Form einer giftigen Koloratur entweichen mußten.

Antje und Kläuslein sind leider sehr im Streß:
Eine Rille in ihrem Hirn ist der ewige Florian, der immer ganz wortkarg ist, und den Klaus in dessen eigenen Hause nicht gegrüßt habe.
Heute habe man ein Attentat auf mich vor:
Ob ich wohl zu Beaufsichtigungszwecken in Friedels Wohnung beim Florian nächtigen könne?
Somit war ich in Gedanken mit jener Handvoll Bürschl beschäftigt, über den man in letzter Zeit so viel Ungutes hört.
Ich stellte mir vor, wie wir uns – ja immerhin zu 12,5 % verwandt – ganz toll verstehen, und wie ich ihm vor dem Bettgang mit Kasperlepuppen vorspiele?
Ich frug die Antje interessiert aus, ob der Florian morgens wohl mit einem zärtlichen Kuß geweckt zu werden wünsche? Doch es heißt, er würde „so" wach.
Später wurde das Kläuschen direkt ein wenig rappelig, als der Heiner auf dem Portäiblen wegen dem Florian angerufen hatte.
Seit einem halben Jahr dreht sich alles um den Florian, der so allmählich für Stiefopi Klaus zum roten Tuche wird....
Ich erfuhr, daß Florians Mutti, die mit einem türkischen Kellner liiert ist, der ständig aushäusig ist, da er ja ständig kellnern muß, zu Ostern ein neues Baby bekommen habe.
Somit hagelt es für den kleinen Florian in letzter Zeit Halbgeschwister links und rechts.

Beide Elternteile haben ihre eigene Familie und ihre eigenen Sorgen, so daß kein Platz für den kleinen Florian und dessen Sorgen & Nöte ist.

Manchmal sind Antje & Kläuschen ein bißchen traurig, daß es für ein gemeinsames Kind für sie nicht mehr gelangt hat.

Die Antje sei zwar mal schwanger gewesen, allerdings leider nur kurz, und in 17 Jahren erlitt sie 17 Fehlgeburten!

Es stüke jetzt wahrscheinlich mitten in den Abitursvorbereitungen, rechneten sie sich ein bißchen nostalgisch aus, und wurden noch trauriger davon, da die Antje ja wirklich so viele Fehlgeburten erlitten hat, daß es kaum zu fassen ist!

Doch dann wurden sie auch wieder lustig beim Gedanken, wie unerträglich Kinder doch seien, und das Kläuschen, so sehr er den Marius auch mag, ist auch ehrlich froh, wenn es dann mal wieder eine Marius-freie Zeit gibt.

Abends fuhr ich mit der Antje in die Gotenstraße, wo der Friedel nach vielen Jahren im fernen Amerika nun so nah bei seiner Mutter residiert.

In Bad Godesberg bin ich immer traurig, weil ich an die Omi Mobbl denken muß, die hier vor etwas über 30 Jahren das Stadtbild mitgeprägt hatte.

Der Florian steckte seinen Kopf mit den Segelohren aus dem Fenster, und verwandtengemäß hab ich ihn auf den ersten Blick gleich lieb gehabt.

„Hallo, mein Süßer!" rief ich warm hinauf, so als habe ich ihn schon immer gekannt. (Hab ich ja auch

– da ich seinerzeit die erste Verwandte nach seiner Mutti war, die ihn kennenlernen durfte – noch *vor* Vati Heiner.)

Man spürte, wie der schüchterne, staksige Jüngling sich nach Liebe sehnt, da er sich äußerst gern von Omi Antje verknuddeln lässt.

Die Antje war auch so herzlich zu ihrem Enkel, den sie verwandtschaftsbedingt unendlich liebt – was sie allerdings in Kläuschens Windschatten nicht so zeigen darf, da der lebensunbeholfene Jüngling für den Klaus ja wiederum ein rotes Tuch ist.

Der Florian ist immer sehr verlegen, und kratzt sich oft und schnell hinter dem Ohr oder am Hals, um seiner Verlegenheit Herr zu werden.

Daß er so wenig redet liegt daran, daß ihm seine eigene Stimme fremd und peinlich ist.

Zum Abschied sagte ich warm: „Schlaf schön, du süßer Schatz!" und gab ihm einen dicken gefühlvollen Kuß, wo ich all die Liebe hineinlegte, die ihm sonst immer bloß vorenthalten wird, da ja alle ihr eigenes Leben führen wollen, und viele auch mit ihren Gefühlen geizen, die sie für Andere reserviert halten möchten.

Den kleinen Florian stimmten die überraschenden Gunstbezeugungen glücklich – das spürte ich genau.

Ich erzählte ihm, daß er wenigstens von seinem uralten Uropa in Österreich geliebt und glorifiziert würde, [auch wenn der ihn z.Zt wahrscheinlich vergessen hat]← doch dies sagte ich nicht

Der Florian erinnerte sich an den Opa, und lachte froh zu meinen aufbauenden Worten.
Der Opa sei wirklich sehr warm zu ihm gewesen, erfuhr ich, und der Florian liebt ihn auch und hofft, daß er ihn bald wiedersieht.

Ich stellte mir vor, wie ich dem Florian einen netten Brief an das Kläuschen diktiere, damit das Kläuschen nicht immer so genervt von ihm ist:

Lieber Klaus! *Nein, falsch* – **Mein** lieber Klaus!

Bitte entschuldige, daß ich immer so einsilbig zu Dir bin, und Dich letztlich in Deiner eigenen Wohnung nicht gegrüßt habe! Es liegt nicht daran, daß ich Dich vielleicht nicht leiden kann, wie auf den ersten Blick zu vermuten wäre, sondern mehr daran, daß mir meine Stimme z. Zt. ein wenig peinlich ist.
Man möchte etwas Kluges, oder zumindest Verbindliches sagen, und bringt doch nur ein pubertäres Krächzen zustande.
Natürlich darf dies kein Dauerzustand bleiben, doch ich bin leider gerade in einem schwierigen Alter, wo die meisten Menschen schrecklich sind.
Sobald ich etwas älter bin, und mich an meine Stimme gewöhnt habe, können wir uns ganz toll über Politik & Frauen, bzw. Themen, die Männer so interessieren austauschen.

                Dein Pseudoenkel Florian

Dienstag, 21. August
Bonn

Warm & sonnig

Im Hause war´s so still, und ich konnte mich gar nicht daran entsinnen, den Florian auflärmen gehört zu haben.
Somit pochte ich ganz leis an seine Tür, und drückte zart die Klinke hinab – doch auf halber Höh´ dachte ich stellvertretend für den Florian:
„Kaum bin ich aus dem Hause, so wühlt sie bereits in meinen Sachen herum!" und ließ es bleiben.

Das Kläuschen hatte mich so nett zum Frühstück eingeladen, und so saß ich wenig später unter dem Baldachin im lauschigen Gartenecke, wo Hausherr Klaus solcherart auf mich einredete, wie es dem Interessierten durch die Bildungshändis auf dem Pont Saint-Bénézet in Avignon entgegenzutönen pflegt:
Er verknautschte das Gesicht, und sprach nicht unansprechend über die persische Kultur.
Ich saß da, lauschte ihm fasziniert, und doch ein wenig hoffend, daß die Antje bald käme, damit man wieder zu etwas weltlicheren Themen hinüberschwenken möge.

Mittags:
Dann passierte etwas, das das besinnliche Rentenleben von Antje & Klaus wie ein häßlicher

und dissonanter Akkord in einer lieblich vor sich hinplätschernden Klaviersonate erschüttert hat:

Der Florian rief an, um zu erzählen, daß er erst um zwölf Uhr erwacht sei, die Schule verschlafen habe, und somit eine Entschuldigung bräuche.

Das Kläuschen war zuvor schon ganz sensibel gewesen, weil ihm der Spinat so suppig schien, und einmal sagte er es sogar unverhohlen und leicht anklagend, daß man beim nächsten Male nicht so viel Wasser in den Spinat gießen möge.

(Später, als wir den Heiner besuchten, mußte die Antje so lachen, als ich sagte: „Gell, das Kläuschen hat heut ein wenig sensibel auf den Spinat reagiert?")

Nun aber wurde die Antje erst einmal ganz weiß vor Ärger über den faulen Enkel.

Der „Lars", ein Klassenkamerad, hatte sich erboten, die Hausaufgaben herüberzufaxen, doch der kleine Marius hatte am Vortag das ganze Faxpapier verknödelt, und so radelte Omi Antje ganz schnell los, um die Hausaufgaben abzuholen.

Der Klaus blieb derweil am Tische sitzen, und wirkte auf mich ziemlich verzweifelt. Er schmähte den Florian, der langsam zu einem wirklich *bedrohlich* roten Tuch für ihn zu werden droht.

Wie faul er sei, wie ihm immer alles wurscht ist, – Kläuschens Nase färbte sich vor Ärger rosa ein - und nur wenn er am Computer jemanden erschossen hat, - „peng, peng, peng!" parodierte der Klaus in aufkochender Wut einen Schießenden - dann hat er eine Freude!

All dies schäumte aus dem Kläuschen, das dererlei so abscheulich findet, empor.

Später am Tage:
Die Antje mit dem Zwicker auf der Nas telefonierte ganz viel wegen ihrem mißratenen Enkel herum, und sah bei dieser Tätigkeit von der Ferne aus wie eine Landesmutter.
Später erfuhr ich dann allerdings, daß es der Klaus und seine Mißbilligung sei, die sie so stressen würde.
Das Thema Florian wird so allmählich eine gefährliche Rille in Kläuschens Gedankengut – mehr noch: Eine Schneise, die mitten durch all seine guten und klugen Gedanken geschlagen wurde.
Früher hat er ganz viel mit dem Florian für die Schule gebüffelt, doch der desinteressierte Florian schaute immer bloß auf die Uhr und sagte: „Ja, ja! Ich hab´s verstanden!"
Und die Klassenarbeit am nächsten Tag zeigte dann, daß er nichts, aber auch gar nichts kapiert hatte!

Mittags war der vielgeschmähte Jüngling sogar mal kurz bei uns.
Diesmal vermeinte ich in seinem Gesicht schmale, bienenhaft-verschlagene dünne Augenschlitze auszumachen, und der Klaus hatte eine ganz sonderbare und fremde Ausstrahlung, und schaute vor unterdrücktem Ärger kaum von seiner Haydn-Biographie auf.
„Da will noch einer begrüßt werden!" sagte Omi Antje frisch zum Florian.

„Hat er schon!" sagte der Klaus ganz eilig und kurz angebunden, weil er ein dumpfsinniges „Hallo" aus pubertärer Kehle gekrächzt, jetzt <u>nicht</u> hätte ertragen können.

Der Heiner hatte heut herausgefunden, daß der Florian die halbe Nacht Ballerspiele am Computer gespielt hatte, und sah sich nun gezwungen, knallharte pädagogische Maßnahmen zu ergreifen: Fernseher und Computer aus Florians Zimmer zu verbannen, und in Friedels Wohnzimmer einzuschließen.

Beim Heiner:
Der Heiner hat derzeit viel Ärger:
Die Melanie war heut bei ihrem Papi zum Geburtstag eingeladen – und Rehleingleich behandelt sie ihren Vater wie einen Heiligen, und ließ ihm zuliebe einfach die Schwangerschaftsgymnastik sausen.
„Das finde ich nicht sehr nett!" meinte der Heiner, der findet, daß dem ungeborenen Kind Priorität eingeräumt werden müsse, verdrossen, und auch zum Florian hin schoß er meist verärgerte verbale Pfeile ab.
Höhnisch nannte er ihn „Prinz", weil er ihn für so verwöhnt hält.
Doch er vergisst ganz, daß der kleine Florian weder abends liebevoll ins Bett gebracht, noch morgens mit einem Kuss geweckt wird.

Jetzt wollte Vati Heiner sich pädagogisch vor dem Hänftling aufplustern, wie einst der Opa vor seinen Söhnen, und versuchte, den Florian mit Strenge dazu zu bewegen, ein Gedicht von Berthold Brecht (ironisch auf die Faulen und Dummen unter uns gemünzt) zu interpretieren, doch dem jungen Spund kann man bei solchen Themen allenfalls ein pubertär-krächzeliges Gestammel entlocken.

Die Antje rührte derweil ein Süppchen für ihre Lieben, und erinnerte mich dabei so an das süßeste aller Rehleins, weil ihr Po beim Rühren so lieblich mitschwang und leicht vibrierte.

Später maßregelte der Heiner an Florians Haltung herum, doch beim Essen selber, wurde die Stimmung plötzlich schlagartig ganz familiär und angenehm.

Deprimierend war lediglich das Intermezzo mit der Melanie:

Man spürte bereits bei der Türe, wie sie ganz grämlich und unzugänglich gestimmt war.

Sie brachte auch nur schnell etwas herein, um augenblicklich zum Auto zurück zu hetzen.

Antje und ich rannten nett und erfreut hinterher, doch die Melanie sagte bloß verhetzt: „Ich hab keine Minute Zeit!"

Schwiemu Antje gab ihr schnell noch ein Küßchen, das die gestresste Melanie jedoch nur ganz fahrig entgegennahm, und augenblicklich losfuhr.

Ich kehrte zum Tisch zu Heiner und Florian zurück, und spaßte plastisch, wie die geplanten Nachhilfe-

stunden bei Frau Niemeyer wohl so aussehen könnten:
Lustlos sitzt der kleine Florian am Tisch, und Frau Niemeyer sagt:
„Breite schon mal deine Hefte aus. Ich komme sogleich."
Wenig später erscheint sie nackt im Tührrahmen und sagt: „Florian! Würdest du mir wohl den Rücken einkremen?"
Plötzlich will der Florian ständig in die Nachhilfestunde – doch die Arbeiten zeigen trotzdem, daß er, grad wie seinerzeit beim Kläuschen, <u>gar</u> nichts kapiert hat.
Und eines Tages sitzt ein anderer Schüler neben ihm, und Frau Niemeyer sagt lehrerinnenhaft unpersönlich: „Florian! Ich habe nun keine Zeit mehr für Dich. Du könntest doch mal deinen Nebensitzer in der Schule fragen, ob *der* dir vielleicht hilft?"
Mit dem Heiner umarmte ich mich tief, innig und lang, und der Heiner machte mir ein liebes Kompliment:
„Eine Frau, die immer so weich, warm und nett ist. Und hinzu noch so geistreich!" sagte er.

Mittwoch, 22. August

Sonnig

Heut nahm ich meine Gouvernantenfunktion dem Florian gegenüber deutlich ernster.

Ich pochte sanft und liebevoll an die Türe – extra um ihn nicht zu wecken, *obwohl* ich ihn doch wecken sollte – wohlwissend, daß ich meinen 12,5%igen Verwandten, den ich ungeachtet der Kübel an Schmähtiraden, die ihm in letzter Zeit übers Haupt gegossen wurden, sehr liebe - doch eigentlich mit einem dicken Kuß im Tage hätte willkommen heißen müssen.

Sogar „Guten Morgen" zu sagen hatte ich vergessen, obwohl ich es gemeint hatte, doch sagt man's erst nach einer Weile, so klingt's ja wiederum so, als wolle man mit Unterton sagen: „Guten Morgen, übrigens, der Herr!"

Gestern hatte ich mir noch ausgemalt, *wie ich dem Florian sagen will, daß er ja eigentlich mein Kind sei.*
*Und als er noch ein kleines Kind war, mußte ich leider in den Knast – lebenslänglich!*
*Doch nach 15 Jahren wurde ich vor einer Woche wegen guter Führung auf freien Fuß gesetzt.*
*Plötzlich leuchtet die Welt für den kleinen Forian wieder hell, weil er jetzt weiß, wo er hingehört!*
*„Ich habe den Erwachsenen eigentlich versprechen müssen, daß ich es Dir nicht sage. Das bleibt unser kleines Geheimnis. Versprochen?"*

Heut freute ich mich vorallendingen auf den süßen Ming.
Ming befindet sich derzeit auf Singelurlaub, und wollte heut Mittag mit unserer gemeinsamen Freundin Mireille aus Kindertagen im „Taj Mahal" in Frankfurt zu Mittag speisen.

Bei der Antje:
Ich schlich mich durch den Garten, und beobachtete liebevoll die in die Jahre gekommenen Verwandten.

Das Kläuschen saß wie alle Tage unter dem Baldachin und versuchte, seine beiden Bücher zu lesen. Doch dann molestiert ihn meist bald irgendwas oder irgendwer.
So jetzt z.B. ich.

Heut bekam man ein wenig zu spüren, wie's mit dem Kläuschen kompliziert werden kann.
Die Antje bastelte und plante schon mit dem Feuereifer einer warmherzigen Ehefrau an seinem morgigen 67. Geburtstag herum, zu welchem etwa 20 Gäste erwartet werden, doch das Kläuschen neigte leider dazu, alle Bedenkungen, die es vor so einem Festtag zu bedenken gibt, auf Kläuschenhaftsensible Art wieder zu zerreden: z.B. Antjes Idee, eine köstliche Eistorte der Firma Bofrost auf den Tisch zu stellen, und das sensible Kläuschen vermeinte, es schon vor sich zu sehen, wie die Torte in der Sonne dahinschmilzt wie das Leben, das Tischtuch besudelt, und den Gästen über den Tisch hinweg auf die Beinkleider tropft.
Man merkte, wie das Kläuschen nun doch ein wenig alt wird, indem er mir nämlich genau die gleichen empörenden Florian-Geschichten von gestern erneut erzählte.

Nach einer Weile kam der süßeste Ming von einem Treffen mit seiner alten Flamme Insa zurück, und ich hatte mir spaßeshalber ausgemalt, es wären ganz viele Jahre vergangen, und dann kommt schließlich ein weißhaariges klappriges altes Männlein über den Rasen.

So wie es Rehlein ergehen würde, wenn nach so vielen Jahren der Onkel Rainer endlich einmal zu Besuch käme.

Doch der Leser wird unschwer erraten können, daß der bezaubernde Ming in seinen sommerlichen Röhrenschorz frühlingshaft frisch wie eh und je aussah.

Das Treffen mit der Insa hatte ich mir nach Art einer älteren Schwester schon spitzbübisch ausgemalt: *Wie die Insa, - grad wie einst die liebliche Adele aus der Geschichte von Wilhelm Busch zu Tobias Knopp – zu Ming sagt: „Nimm auf der Berschere Platz!"*

Da Ming in seinem Singelurlaub mit einem schicken BMW unterwegs war, hätte man sich gut vorstellen können, *wie sich plötzlich überall Begleiterinnen an ihn dranhängen: Insa, Mireille und viele andere. Alle sagen ganz spontan: „Ach, die drei Wochen Urlaub die mir noch zustehen! Die nehm ich ganz einfach jetzt!"*

Im Fernsehen konnte man sehen, wie Thorsten V. letzte Woche, als er noch als unbescholtener Nachbar galt, und das Laub vor seinem Haus zusammenkehrte, dem Sender SAT1 ein kleines Interview gab:
„Ich habe selber eine Tochter. Da wird man schon nachdenklich…" sah und hörte man ihn sagen, wenn

auch das Gesicht ein bißchen verunkenntlichisiert worden war.

Beim Mittagessen sprach ich an, daß es so schwierig sei, immer sein Benehmen zu wahren.
„Manch einer schafft es überhaupt nicht!" sagte das Kläuschen vielsagend.
„Z.B. ein gewisser Jemand!" ergänzte ich, um dem Kläuslein eine kleine Freude zu bereiten, aber eigentlich mag ich über den Florian gar nichts Schlechtes sagen – auch wenn man dem Kläuschen ein bißchen das Gefühl vermitteln muß, daß er verstanden wird.

Im Rahmen seines Singelurlaubs hatte Ming vor, heute abend in Basel bei Martin R. Station zu machen.
Das Traurige ist bloß, daß fast alle Freunde, die man so besucht, mittlerweile ehelich gebunden sind. Gleich keimte auch in meinem Kopf ein eventueller Grundgedanke von Martins Angetrauter auf, *und legte sich freudenzersetzend auf Mings Baselbesuch, den ich als Schwester im Geiste ja so mehr oder minder miterlebe.*
*„Der wird doch hoffentlich nicht länger bleiben? Es gibt nämlich durchaus auch noch Dinge, die ich gerne mit meinem Mann unter vier Augen besprechen würde!"*
*Dies denkt sie, während der Martin selber wiederum hofft, daß Ming für immer bliebe, weil es ihm vorm Alleinsein mit seiner Frau graust. Ständig ihre Jeremiaden anzuhören, und diese vorwurfsvolle Miene! Na, man kennt's.*

Später besuchten Ming und ich den kleinen Florian, der ganz einsam in der schäbig-gewöhnlichen Mietswohnung stak.
Ming fand gleich die richtige Intonation für den Knaben, so daß dieser sicherlich freudig aufgequirlt hinter Ming herdachte?
„Komm, laß dich drücken!" sagte der warme Ming.
Etwas, das für den anhänglichen Florian doch so wichtig ist!

Heute zeigte mir die Antje ihre vielen Tagebücher, und ich fühlte mich meiner lieben Tante so verbunden und erfuhr zudem, daß die Antje so viel Kummer mit ihrem Sohn Friedel gehabt habe, der sie kaum beachtet, und allenfalls unpersönliche Rundmails verschickt.
Einmal schrieb die Antje einen langen Brief an Friedel und Leslie und erhielt nie eine Antwort.
Es sei der Psychiater „Biwack", der den Friedel so verdorben habe.
Als der gutgläubige Friedel zum Therapieantritt antrat, mußte er unterschreiben, daß ein eventuell folgender Suizid, außerhalb der Schuld des Psychiaters zu suchen wäre.

Dann verabschiedete ich mich, und sah das Kläuschen somit zum letzten Mal im Leben als 66-jährigen. Doch man weiß: Die Zeit verrinnt so schnell, und bald heißt's womöglich: „Ja, der Klaus wird morgen 75!"

**Nachtrag 2021:**
**Und nun hieß es vor nicht allzu langer Zeit bereits, der Klaus würde demnächst 85, und dieses „demnächst" liegt ebenfalls bereits hinter uns!**

Beim Heinerlein:
Wenn der Marius oben auflärmte, rief die Melanie von unten streng:
„Sei bitte so lieb und schlaf jetzt!"
Ob die Mel eine tolle Mutti ist, weiß ich nicht.
Aber eines weiß ich sicher:
Sie ist eine sehr bestimmende Mutti.

Die Stimmung zwischen den Eheleuten war ganz kühl.
Einmal gab´s eine kleine Meinungsverschiedenheit darüber, ob das Baby, falls es ein Mädchen wird, „Emily" oder „Amelie" heißen solle.
Die Melanie träumt von einem süßen kleinen Töchterlein namens „Emily".
Der Heiner wiederum glaubt „Emily" sei die englisch ausgesprochene Fassung von „Amelie", und sieht es nicht ein, warum heutzutage immer alles auf englisch ausgesprochen werden muß! (Da sprach der Opa aus ihm.) „Doch ob dies nicht zwei gänzlich verschiedene Namen sind?" gab wiederum ich zu bedenken.
Wir schauten uns zwar die ganzen Videos mit dem ungeborenen Baby an, doch so, zwischen dem erkalteten Eheglück sitzend, kam irgendwie keine rechte Stimmung auf.

Die Melanie wünscht sich so glühend ein Mädchen, daß sie das Gefühl hat, sie müsse heulen, wenn es schon wieder ein Junge wird.
Dann kam auch noch der Nachbar Tom, der einen kalten Tabakdunst in die Stube brachte.

Ich fuhr zurück in die Gotenstraße, und richtete mich bereits unterwegs darauf ein, der Florian könne vielleicht mit sieben wirklich guten Freunden eine kleine private Feier feiern, doch der Florian war ganz allein.
Zur Nacht umarmte ich ihn warm.
„Ich hab dich lieb, mein Süßer!" sagte ich beim Umarmungsvorgang liebevoll und tief empfunden wie eine Mutti, und der Florian strahlte vor Freude, weil Kinder nichts mehr lieben, als geliebt zu werden, wie ich weiß.


Donnerstag, 23. August
Bonn – Schloß Kettenis (in Belgien)

Zunächst sonnig.
Auf der Autobahn manchmal sehr grau.
Dann milchig-lieblich

Ich versteckte dem Kläuslein zu seinem Geburtstag, der in Form einer gemütlichen Gartenfeier zelebriert werden sollte, mitten im August ein kleines Osternest im Garten: Die schlanke und lange

Flasche Moselwein, die ich mir letzte Woche erspielt habe, und meine Doppel-CD.
Sehr nett wurde ich zum Frühstück herbeigewunken, und küsste das Kläuschen mit Gusto, da ich´s ja lieb hab, und zwar von ganzem Herzen!
Beim ungelenken Versuch, ein Päckchen seiner Lieben zu öffnen, hat sich das Kläuschen heut gleich zu Beginn des neuen Lebensjahres in den Daumen geschnitten, und die Wunde hörte einfach nicht auf zu bluten.

Mit seiner Tochter Susu aus erster Ehe, welche ein seltsames Polaroid-Foto von sich geschickt hatte, versteht sich das Kläuschen gar ohne Worte, so erfuhr ich.
In der Tat schien mir der Brief, welchen die Susu mit ihrer weitmaschigen Schrift verfasst hatte, und der nun auf dem Gabentische herumlag, nicht sehr wortgewandt, so daß es tatsächlich von Vorteil scheint, sich ohne Worte zu verstehen.
Schon nach zwei Dritteln des Blattes waren der Susu die Gruß- und Wunschbezeugungen ausgegangen, so daß sie sich im dritten Abschnitt direkt ein wenig wiederholt hat.

Lieber Klaus!
Meine herzlichsten Glückwünsche zum Geburtstag!
Mögest Du gesund und fidel bleiben, und möge das Wetter ganz toll sein!
Und möge Fröhlichkeit herrschen! Und mögen viele liebe Leute um Dich herum sein.

Laß Dich ordentlich feiern!
Grüße Susu
(Schrieb sie leider nicht sehr dichterisch)

Dadurch, daß das Kläuschen so vielseitige Interessen hat, ist es ganz leicht, und macht sogar Freude, ihn zu bescheren, und sein Sohn Stephan hatte ihm gar einen Bildband über China geschickt!
Später erzählte das Kläuschen, daß er seinen Kindern früher immer vorgelesen habe. Dann durfte jeder noch erzählen, was ihn an diesem Tag besonders gefreut oder geärgert habe – letzteres allerdings unter der Prämisse, daß dies Thema unter keinen Umständen jemals wieder hervorgeholt werden dürfe.
Das gefiel mir.

Schloß Kettenis:
Ein Diener ließ mich ein, und es hieß, die Schloßdame, Frau Johanna Hurst, kehre erst um viertel nach sieben nach Hause.

Ich hatte beim Klang ihres Namens eine vornehme, weißhaarige Seniorin assoziiert, und nun stand vor mir eine schlanke, junge, braungebrannte Frau mit strahlendem Lächeln und makellosen weißen Zähnen, die sich wie aus der BUNTEN heraus, mitten in mein Leben geschraubt zu haben schien. Jahrgang 71, wie sich später herausstellte, also grad eben mal dreißig Jahre jung.

Die nette Frau zeigte mir mein schönes Zimmer, und entführte mich in ihrem spinatgrünen Jaguar mit schwarzer Samthaube bei offenem Verdeck in ein italienisches Nobellokal in Aachen, wo wir zunächst die Einzigen waren.

Später kam dann allerdings der „Walter" hinzu, auf welchen ich mit leichtem Lampenfieber gewartet hatte, da es mir komisch vorkam, gleich so – am Tische sitzend – womöglich mit verschmiertem Mund – kennengelernt zu werden.

So dachte ich mir gleich Folgendes aus: Wie es auf seine Frau wohl wirken würd´, *wenn ich einfach entgeistert ausrufe: „Walter, du?"*

Es handelte sich um einen zirka 54-jährigen Schwaben mit Bürstenfrisur, von dem man auf den ersten Blick gar nicht wüßte, wie man ihn einschätzen solle?

Schelmisch? Listig? Raffiniert?

Auf jeden Fall ist er aber nett und ansprechend.

Das Ehepaar – erst seit weniger als einem Jahr verheiratet – sagt sich lauter Nettigkeiten wie beispielsweise: „Lieber Schatz" und „Liebling".

Bei ihm vielleicht leicht belustigt im Klang, bei ihr aber aus voller Seele kommend?

Ich hatte etwas stilwidrig einen 50-Mark-Schein in meinen Büstenhalter gestopft, den ich hernach, wie schon geahnt, gar nicht brauchte!

Einmal stellte ich mir vor, *wie Johannas geschmackvolles Händi losgeht:*

*„Hallo Liebling! Hier ist der Walter! Ich bin leider im Stau stecken geblieben!"*

Wer aber sitzt dann hier am Tisch?
Über den Diener André scherzte ich auch:
Als ich ankam, habe er so getan, als sei *er* der Hausherr Hurst und verschwörerisch gesagt:
„Nachher kommt so ein komischer Typ. Der ist nicht ganz richtig im Kopf, und behauptet immer, *er* sei der Schloßherr."
Tagsüber, wenn die Eheleute aushäusig sind, so verkleidet sich der Diener André gerne mit edlen Kleidungsstücken seines Brotherrn.

Freitag, 24. August
Schloß Kettenis

Heiß und sonnig

Am Morgen schimmerte mir bereits meine solargebräunte, gertenschlanke Herbergsmutti Johanna entgegen. Ich fühlte mich auf nicht unangenehme Weise wie eine 14-jährige mit der neuen Frau ihres Vaters, die sich wirklich Mühe gibt, zumindest eine gute Freundin zu sein.
In der Wohnung ist jedes Detail so liebevoll auf die anderen Details abgestimmt, und das Besteck beispielsweise ist aus edlem Silber.
Ich erfuhr, daß mit dem mürrischen Bauersmann nebenan kein Auskommen sei, und wurde ein bißchen traurig davon, als ich hörte, daß sich die Johanna auf ihre herzliche Weise so nett um ihn bemüht hatte.

Man hatte sich so freundlich mit einem schönen Geschenk als neue Nachbarn vorgestellt, doch der mürrische Bauersmann nahm das Geschenk (eine Flasche edlen Weines) nur so entgegen, knurrte etwas unfreundliches, und machte die Türe wieder zu.

In den Augen des müde gearbeiteten Bauersmannes wird die Johanna wohl ewig ein Blödchen aus dem Katalog bleiben, das morgens im Jaguar in die Stadt fährt, um Einkäufe zu erledigen?

Die Johanna ist eigentlich eine ganz normale liebe Frau, die die Nöte der Armen durchaus nachempfinden kann.

Geboren in Duisburg im Jahre 1971 als Kind einfacher Leute – und daß sie so einen reichen Mann fand, an dessen Seite nun ein Leben in Saus & Braus auf sie wartet, war beileibe nicht geplant, sondern darf als Fügung des Himmels angesehen werden.

Am 11.11. feiert meine liebe neue Freundin Johanna nun ihren 30. Geburtstag.


Bereits um viertel vor zehn füllte sich das Schloß mit den bestellten Musikanten, und wenig später hatten sich auch fast alle mit einem Handschlag und einer Namensanmurmelung begrüßt. Doch nun fühlte ich mich ein wenig schüchtern wie die Neue in der Klasse, weil ich stellvertretend für den groben russischen Geiger am Konzertmeisterpult denken mußte, ob dies wohl wirklich nötig gewesen sei, so ein Blödchen wie mich für den Solopart zu engagieren?

Plötzlich mußte ich Einsätze geben und Schlüsse gescheit ausformen, so als sei ich die neue Lehrerin in der Klasse.

„Hast du Wünsche?" frug eine klerikal aussehende fröhliche Frau mit weißem Haar und einem roten Zwicker, die den zweiten Salzstreuer – äh, die zweite Blockflöte blies. (Humor, wie von Erich Kästner.)

In der Pause saßen alle Musiker gemütlich bei Kuchen und Kaffee beieinander, und der Hausherr Walter plauderte locker mit uns Musikanten.
Den Walter lernte ich heute von einer neuen Seite kennen, nämlich der des leidenschaftlich engagierten Musikliebhabers, der ausgezeichnet Bratsche spiele, und beinahe mitgespielt hätte, wenn er nicht leider zu wenig Zeit zum üben gefunden hätte.
Walter ist Perfektionist, und wenn, dann hätte er sich perfekt auf das Konzert vorbereitet.

Einmal kam Walters 20-jähriger Sohn Rolf aus erster Ehe mit seiner Baseball-Kappe auf dem Haupt - ein junger Mann, der noch keine ausgeprägte Persönlichkeit hat - zu Besuch.
Vater & Sohn begrüßten sich sehr nett mit einer dicken Umarmung.
Doch da schien´s mir plötzlich so, als sei die Johanna mit einem Male ganz mißgestimmt.
Dies lag sämig in der Luft, als sie in der unteren Küche so geschäftig vor sich hinwurstelte.

Ich mutmaßte im Stillen, daß sie sich womöglich über den Rolf aufregt, so wie *ich* mich über die Gloria, Omi Mobbl einst über die Dame Gerswind, und das Kläuschen über den Florian?

Im Freiluft-Konzert in Würselen:
Es musizierten die Musici di Roma.
Ich saß neben dem Walter und erfuhr zu meiner Bedrückung und Bestürzung, daß der Mann seiner 30-jährigen Tochter Simone am Montag gestorben sei.
38, Herzinfarkt, Exitus!
Auf der großen Freilichtbühne versammelte sich ein zwölfköpfiges Ensemble, welches 36 000 Mark Anmietungsgebühr verschlungen habe, wie mir der Walter zuraunte.
Sie spielten mit der zirka 49-jährigen, heliumaufgepumpten Rumänin „Mariana Sirbu" als Geigensolistin:
Silberner Belag auf der schwarzen Tulpenfrisur und ein plonnerhaftes Gesicht.
Die Herren hatten alle ein weißes Jackett an, und am Anfang des reinen Vivaldi-Abends schien's mir, als spielten sie butterweich und außerordentlich synchron.
Doch bald schon mußte man bemerken, daß das Cembalo viel zu tief eingestimmt war.
Rührend fand ich, daß die Leute zwischen den einzelnen Vivaldi-Konzerten immer schnell im Programmheft blätterten, weil sie wissen wollten, ob

das nun folgende Konzert wohl in G-Dur, F-Dur oder B-Dur stünde?

Einer der fleißgen Geiger hatte überhaupt keinen Hals mehr. Der Kopf sah quasi aus, als sei er direkt auf das schmächtige Körperchen draufgeschraubt worden, so daß man sich wundern mußte, wie es ihm trotzdem gelang, die Geige unter das nicht vorhandene Kinn zu klemmen.

Ein anderer, der ausschaute wie der Mann in England, der so viele alte Frauen ermordet hat, spielte ein ganzes Vivaldi Konzert als Solist, so daß die tüchtige Mariana Sirbu kurz mal durchschnaufen konnte.

Das Publikum war sehr laut und schepprig, und einmal hörte man eine Frau zu einer anderen halblaut sagen:

„Sie stören wirklich!"

Sogar ein Säugling lärmte los.

Nach den Darbietungen entwanden wir uns dem kulturellen Geschehen.

Auf der Weide vor dem Schloß begrüßte ich ein Pferd mit einem schönen warmen Atem im Mondschein, und der Mond sah atemberaubend wie eine leuchtende Banane aus.

Ich dachte sehr an Ming, den ich schrecklich vermisse, und von dem ich nicht weiß, wo er ist, denn die Kommunikation mit unseren Händis funktioniert irgendwie nicht.

Beinahe wäre es zu einem tödlichen Unfall auf der Autobahn gekommen:

Ein Auto hupte wild hinter uns her, und ein blauer VW-Bus scherte dreist millimeterknapp vor uns ein, so daß der erschrockene Walter eine Vollbremsung machen mußte, infolge derer das Auto kurz über den Asphalt schlitterte, und die Johanna erschrocken aufkrisch.

Daheim tranken wir noch einen Schampus vor dem Hause, wo es unerhört poetisch aussah: Unter einer tausendjährigen Eiche und im Mondesschein.
Und ganz zum Schluß umarmte ich meine neuen Gasteltern herzlich, da ich sie liebgewonnen habe.

Samstag, 25. August

Schön warm und sonnig

In der Nacht wurde ich von Schnaken gepiesackt, die Einlaß durch das geöffnete Fenster gefunden hatten.

Ich erhob mich zu einem Tag, an dessen Ende der mörderische Solopart des Brandenburgischen Konzerts Nummero vier auf mich wartete.
Die Johanna stak noch im Bad, und war hernach so nett zu mir, indem sie mich sogar mit einem Küßchen begrüßte.
Zum Frühstück taute, bzw. buk sie mir zwei Brezeln auf, welche sie auf einer ihrer unzähligen Reisen mit ihrem Mann als Souvenir mitgebracht hatte, und richtete mir hinzu noch einen wunderschönen Obst-

teller mit Heidelbeeren und Pfirsichen, so daß ich gleich an Rehlein denken mußte, denn wer sonst richtet seinen Lieben so wunderschöne Obstteller her?

Ich erfuhr, daß die Johanna kaum Kontakt zu ihrer nahezu gleichaltrigen, frisch verwitweten Stieftochter Simone habe, da die einfach ein völlig anderer Mensch sei, als sie.

Eine Motorradfahrerin – verschlossen und unpersönlich, - und ihr Mann starb wahrscheinlich – man wagt´s kaum auszusprechen – beim Ballermann auf Mallorca, wo er sich möglicherweise „überhoben" hat?!

Über das Verhältnis zu ihrem 20-jährigen Stiefsohn „Rolf" sagte sie, es sei „mittelmäßig".

Einmal rief die Johanna so nett in einer aufwallenden Freude – so, als habe sie in mir eine nette Freundin gefunden: „Es macht Spaß, sich mit Dir zu unterhalten!"

Die Johanna hofft sehr, daß sie, als nun bald 30-jährige, noch Kinder bekommt, doch der Walter als zwiefacher Vater, sei weniger interessiert an diesem Thema, und möchte eher die Zweisamkeit genießen.

Meine liebe Freundin Frau Kamp habe mit 49 Jahren, als ihre beiden anderen Kinder schon beinahe erwachsen waren, noch ein gesundes Töchterlein bekommen, verstand ich Mut zu machen, *doch eigentlich ist es für die Kinder nicht so schön, so alte Eltern zu haben, die bereits zu ihrer Kleinkindzeit am Rande des Grabes wackeln, fand ich* – sagte aber nichts.

Zur Mittagsstund besuchte ich den Coiffeur in Eupen, zu welchem ich sehr nett von der Johanna im Jaguar hinschoffiert wurde.

Der Frisör hat nicht einmal ein Frisörschild, weil er ein Geheimtip ist, und bleiben möchte.

Zu ihm kommen nur die allerreichsten Frauen im Umkreis von 20 Kilometern.

Ohne großes Federlesen wurde ich im Salon als „eine der ihren" akzeptiert – sieht man mal davon ab, daß ich ganz lange nur so dasitzen mußte.

Doch ich tat´s ja gern, weil ich Antjes Tagebuch aus dem Jahre 2000 zu lesen hatte.

Die Antje verwendet ganz oft den Ausdruck „gewaltig" und gebraucht Redewendungen wie „welch ein Glück" oder „welch…."

Da war mir meine süße Tante, die anderen immer nur Gutes tun will (z.B. ihre Schwester Kathi nach Indien einzuladen) so nah.

Außerdem war dem Tagebuch zu entnehmen, daß sich die Antje wieder sehr mit ihrem zweiten, geschiedenen Exmann Detlev angewärmt hat.

Detlev hier, Detlev da!

In der Tat kommt der Detlev im Tagebuch fast jeden Tag vor, und bringt immer Fotos mit, so daß man meinen könne, er sei ein Fotoholiker, zumal die Antje auch schreibt: „Welch zauberhafte Fotos!"

Ich wurde nicht so ganz glücklich mit meiner Frisur, und konnte es kurzzeitig nicht fassen, daß ich vorerst nun so aussehen soll? Eine Brombeerfrisur wie auf einem Seniorinnenhaupt!

Daheim sah man, daß schon wieder der Sohn „Rolf"
zu Besuch gekommen war.
Er schaut aus, wie ein Amerikaner, bzw. der
Oklahoma-Attentäter, (ein unscheinbarer junger
Mensch ohne ausgeformte Persönlichkeit mit einer
Schildmütze auf dem Kopf) und stimmte mich
verlegen.
Der Rolf mußte erfahren, daß seine Händi-
Rechnung 600 Mark betragen habe, und senkte
verstört den Kopf.
„Das kann doch gar nicht sein!" murmelte er
mehrfach betreten, denn mit wem soll der verstockte
Jungspund wohl so viel quatschen?
Doch man weiß ja, wie's sich trotz all dem
summiert, wenn man über die Grenze hinweg
telefoniert, auch wenn die nur zwei Kilometer
entfernt ist, und Vati Walter, für den 600 Mark so
viel ist wie für mich 0,6 Pfennje, nahm's auch nicht
allzu tragisch.

Dem Cellisten war eine A-Saite gerissen, die man
nun zusammenrollen und vergessen konnte.
Ich spielte viel besser als gestern, und zum Schluß
wollte jemand von den Kontrabassisten etwas
wiederholen. Doch alle redeten einfach nur durch-
einander, und meint man vielleicht, dem armen
Herrn wäre sein kleiner Wunsch erfüllt worden?
Der Pjotr, der hinter mir steht und wild
grimassierend Geige spielt, meinte, man würde auch
noch andere Werke spielen, und ist vielleicht ein
wenig gegen mich eingestellt, weil er es nicht

einsehen kann, warum nicht *er* den Solopart übernehmen durfte?
Etwas, was man allerdings nach Außen hin nicht zeigen darf, und nur in den Tiefen seiner Seele mit sich herumtragen kann.

Zur schönen lauen Sommerabendzeit versammelten sich die Gäste im Schloßhof und wurden gleich mit einem köstlichen Schlummertrunk willkommen geheißen und angewärmt.
Als ich mich in mein grünes Kleid verpackt hatte, sah ich aus wie eine nicht mehr ganz junge Monarchin. Doch der leicht angesäuselte Walter fand mich hinreißend, und hi und da nahm er mich im Überschwang der Gefühle liebevoll in den Arm, weil er es nicht fassen konnte, daß es mich gibt.

Nach dem Brandenburgischen Konzert bemerkte ich, daß der warme Walter vor Ergriffenheit fast weinte!
Auf der Stiege sagte er zu mir: „Du warst <u>fan-tas-tisch!</u>"
Ein rührender Mensch aus dem Holze eines Johannes Neckermann.

Sonntag, 26. August
Kettenis - Haslach

Sonnig und ganz warm

Unser Abschied auf dem Schloßparkplatz war so herzlich, und einige Kühe waren sogar schon wach, und standen im Morgennebel so rum, als ich mich zu früher Stund´ anschickte, die lange Reise ins schwäbische Haslach zu absolvieren.

Kapuziner Kloster in Haslach:
Ich wurde von der tüchtigen Frau Seebald betreut.
Nach einem kurzen Mittagsschlummer im Hotel fühlte ich mich einsam.
„Keiner liebt mich!" dachte ich.
Ming ist verschollen, und ich weiß nicht, wo er ist.
„Aber deine Eltern wohl doch!" rief mir eine ermunternde Stimme in meinem Inneren zu.
„Nein. Auch nicht mehr", dachte ich weiter.
„Früher haben mich meine Eltern sehr geliebt, doch dann verwandelte sich ihre Liebe in Gleichmut, ohne daß sie es so geplant hätten. Meine Mama hat nur noch den Opa und den Hausbau im Sinn, und mein Papi wiederum hat nur noch Augen für ein albernes koreanisches Betthäschen!"
Wie eine kleine Kostbarkeit schleppte ich mein Händi zur Picknickbank, um es ganz vergebens abzumelken, weil ich mich so sehr nach Ming sehnte.

Mein treuer Freund Dietmar Roth, ein Herr, von dem man sich mit ein bißchen Fantasie und gutem Willen einreden kann, es sei Johannes Brahms, kam ins Konzert.

Montag, 27. August<br>
Haslach - Trossingen

Hi und da schoben sich ganz graue feuchte<br>
Wolkenbänke über das ansonsten so schöne Wetter

In Trossingen fühlte ich mich komisch, da ich ja direkt in den Aurenbannkreis von so vielen verhassten Typen einrollte.

Vor unserem Hause sah es so beschämend asozial aus: Die Mülltonnen stanken und quollen über, und angeekelt entfernte ich die ganzen vergilbten und pappig gewordenen Zeitungen im Treppenhaus.

Niemand hatte mir geschrieben, und bloß die Telekom ist immer so treu, wie Ming mal treffend bemerkte.

Ich frug mich, wie ich wohl jemals wieder froh sein könnte, wenn es plötzlich hieße, Ming sei tödlich verunglückt?

Die bangen Gedanken hielten mich umzwackt.

Tausende von Menschen verunglücken, sterben oder verschwinden – und wer sagt mir denn, daß dies nicht jemanden von meinen Lieben widerfahren könnte?

Ich telefonierte mit dem süßesten Rehlein, und wir waren uns einig, daß Buz in Aurich sich z.Zt. fühlen dürfte wie ein 15-jähriger, der Stubenarrest hat. Ganz allein, ans öde Musikschulgeschehen angebunden, und nichts Rechtes mit sich anfangen könnend.
Sogar von der verliebten Koreanerin erzählte ich Rehlein brühwarm, und Rehlein wußte wiederum zu berichten, daß sich Buz am Telefon mit Fleiß ein wenig dumm gestellt habe, als Rehlein ihn darauf angesprochen hatte, was er da wohl für ein „Frischfleisch" aus Trossingen nach Ostfriesland gebracht habe?
Ich erzählte Rehlein, daß die Koreanerin hübsch und häßlich in einem sei.

Vor der Wohnungstüre von meinem Nachbarn Hikaru Furue lag ein Zettel über eine Zwangsvollstreckung von 343 Mark, die dem armen Herrn bevorsteht. Doch er stopft den Kopf in den Sand, indem er dreist so tut, als sei er nicht da, oder habe es nicht verstanden.

Ich erfuhr, daß die Petra z.Zt. in Trossingen sei, und wunderte mich über mich selber: Daß ich solche Verrenkungen unternehme, um irgendwelche Leute zu besuchen, die mich vielleicht gar nicht brauchen können, und dabei befindet sich das Glück doch direkt vor der Haustüre.
Sogar mein anvisiertes wunderschönes Breughel-Tagebuch, weswegen ich beinahe nach Freiburg gefahren wäre, hätt's im Trossinger Schreibwaren-

shop beinah gegeben. Der Schreibwarenshop war ganz neu und nobel eingerichtet, und sogar die Verkäuferin war eine Neue.

Ich las im „Spiegel" über die unglaublichen Zufälle, die dazu geführt haben, daß man Thorsten V. geschnappt hat. Einen Verwaltungsbeamten der Gießener Universität.
Unfaßbarerweise – so, wie´s uns mit unserer jüngst verstorbenen Musikhochschulsekretärin Frau Weisser erging – ist der Platz von Herrn V. im Verwaltungstrakt nun leer!

Später sah ich, daß am Reformhaus die sachliche Mitteilung klebte: „Wegen Geschäftsaufgabe geschlossen."
Da wurde ich traurig, weil ich die Trossinger Reformleute liebe und ins Herz geschlossen habe, und sie ein Stück Trossingen-Geschichte geschrieben haben. Ein feiner Herr mit Glatze und Oberlippenbärtchen, und eine Frau mit langen rostbraunen Locken und einer gar zu rosigen Gesichtshaut, die beständig mit großer Intensität empörende Geschichten zu erzählen pflegte.

Bei der Omi war der Onkel Hartmut zu Besuch, und der Omi selber geht´s nun am 4. Jahrestag ihres Schlaganfalls „ganz gut", und das, obwohl längst Zapfenstreich wäre!
Seit vier Jahren gehört die Omi auf den Friedhof, und ist somit nurmehr eine Zugabe der Natur.

Dienstag, 28. August

Zuerst weißwölkig stickig.
Am Abend wurde es mild und schön

Unfaßbar ist´s nach wie vor, daß heut vor 67 Jahren unser Onkel Wolfhard geboren wurde. Ein Onkel, den man niemals kennenlernen durfte, da er schon in der Wiege verstorben ist. Und heut wäre er ein Altersgenosse vom Kläuschen – womöglich mit Frau und Kind?

Ich schrieb Briefe.
Zuerst schrieb ich dem Beätchen in Übersee.
Vom Beätchen war ich in letzter Zeit manchmal etwas enttäuscht, weil es sich einfach so von der Familie abgeseilt hat, um <u>ihr</u> Leben zu leben. Doch ich vergaß bei diesen Überlegungen ein bißchen, vor der eigenen Türe zu kehren, denn ähnelnd den beiden treulosen Nichten von Frau Kettler, hab ich mich ja auch nie wieder gemeldet – und so konnte es mir nun beim Schreiben nicht schnell genug gehen.
So lange hatte man sich nichts geschrieben, und nun schrieb ich fast eine ganze Seite lang nur über Ute M., aber ich war halt in so eine leichte und luftige briefliche Plauderei verfallen, und so wurden fast vier Seiten draus.

Der kostbare Ferientag zerbröselte ins Nichts, und selbst meine Händel-Kassetten, die ich früher so geliebt hab, kamen mir in meiner postkonzertalen Deprimose wie sauer gewordene Konserven vor.

Joggen am Gaugersee:
Auf einem Bänkchen saß ein schwäbisches Seniorenpärchen.
Ich sah zunächst nur die Füße, und wagte den Blick kaum anzuheben, denn ich stellte mir vor, der Seniorenrock, den man jetzt in der Sonne so aufschimmern sah, spanne sich um Omi Mobbls Hüftspeck, und wollte diese wunderschöne Vorstellung besser auskosten.

Abends besuchte ich Herrn Hamann und Frau Weisser auf dem Friedhof.
Bereits mit elf Jahren verlor Frau Weisser ihren Vater Ewald, der nur 41 Jahre alt geworden ist. Ihre Mutti Emmy wurde 59 und starb, als Frau Weisser 27 war.
Auf dem Heimweg stellte ich mir posthum die große Einsamkeit von Frau Weisser in ihrer schlichten Wohnung in der Wernerstraße vor.

Ich hätte so viele Leute anrufen können, doch ich rief nur meine liebe Edith in Grebenstein an.
Heut hat die Edith ihre Mutter aus dem Krankenhaus abgeholt, doch die alte Dame habe sich sehr verändert:
Schon auf der Heimfahrt im Auto sei ihr leicht koddrig gewesen.

Mittwoch, 29. August
Trossingen – Lauterbach – Trossingen

Milder Sonnenschein mit vielen imposanten
Wolkengebilden drauf

Ich telefonierte mit Buzen, der sich am Telefon verschnupft und vereinsamt anhörte, und sagte somit nett: „Bald komme ich wieder und sorge für Dich!" –
„Hast du überhaupt noch Interessen?" frug ich Buzen?
„Ja. Viele Interessen!" sagte Buz vieldeutig und übergeordnet, so daß der Konversationspartner nicht sonderlich schlau aus solchen Worten wird.
Buz erzählte, daß die Hilde aus Juist angerufen habe, und mit mir sprechen wollte.
Dann wollte sie rasch auflegen, als Buz abgehoben hatte, doch Buz frug sie, wie es ihr ginge, und so habe sie ihm ihr Leid geklagt: Daß sie so viel arbeiten müsse, leider gar keine Zeit für ihr süßes kleines Baby habe, und es somit in einen Hort geben mußte. Dort wird das kleine Yüsslein von fremden Helferinnen genährt und großgezogen, und ein jeder weiß doch wie schädlich dererlei ist!
„Was hattest du für ein Gefühl?" frug ich.
„Neutral", sagte Buz neutral.
Doch ich empfand auf einmal so viel für das kleine Yüsslein, daß ich fast das Gefühl hatte, mir schösse Milch in die Brüste!

Auf das Treffen mit Ute M. und Katharina freute ich mich schon ein bißchen vor.

Als ich um 14 Uhr 21 vor Katharinas Haus einfuhr, entstieg durch großen Zufall auch Ute M. soeben ihrer Limousine und ich lernte ihr kleines Söhnchen, den kleinen Julian kennen. (Fast vier Monate alt.)

Das Beste an diesem Besuch ist der kleine Julian gewesen – dadurch, daß Ute M. auf jeglichen ärztlichen Hokuspokus, sowie alle Impfungen verzichtete, hat sich der kleine Julian so prächtig entfaltet wie kaum ein anderer Säugling, den ich jemals kennengelernt habe.

Er mit seiner Pfirsichhaut und seiner unbekümmerten Ausstrahlung strahlte mich gleich so freundlich an, und Ute M. trägt ihn auf Art eines Kängurus immer am Körper mit sich, da sie ihn heiß und inniglich liebt, so, wie dies eben nur eine Mutter kann, und da dies biologisch am besten so sei, wie ich erfuhr.

Die Katharina wiederum hat schon ganz weißes Deckhaar, und so rief ich: „Es liegt schon Schnee auf Deinem Haupt!"

Aber auch Ute M. ist um die Leibesmitte herum etwas aus dem Leim gegangen, und ihre einst brünette Frisur wird Haarkranzförmig von weißem Haar durchsetzt.

Ihre Beine mit behaarten Waden staken in froschgrünen Schorz.

Wir wurden ins obere Kinderzimmer gebeten, wo der kleine Marius seinen Mittagsschlummer abhielt.

Der Knirps schlief ganz fest – doch er interessierte mich nach Art eines zweiten Kandidaten weniger, da ich mich schon so in den süßen Julian verliebt hatte.
Netterweise durfte ich den kleinen Julian herumschleppen und bebusseln.
Mit der Zeit wurde er mir ein wenig schwer, und ich setzte ihn in sein Wännchen zurück, und flötete ihm liebe Dinge zu:
„Du süßer kleiner Schatz!" sagte ich mit Wärme.

Von der Katharina erfuhren wir, daß sich ihr Freund Christoph eine dreitägige Auszeit genommen habe und hinweggeradelt ist.
„Ihr habt Euer Bett nicht gemacht!" sagte ich nach Art eines kleinen Töchterleins, und variierte den Satz, indem ich ihn wie eine entrüstete Schwiemu einfärbte:
„Ihr jungen Leute habt das Bett mal wieder nicht gemacht!"

Ich erfuhr, daß das uneheliche Glück von Katharina und Christoph z.Zt. ganz schlecht sei.
Der Christoph braucht immer ganz viel Zeit für sich – doch das Kind liebe er abgöttisch, meinte die Katharina mit eben diesen bombastischen Worten, von denen man immer gar nicht recht weiß, wie sie zu interpretieren sind.
Ute M. erzählte stolz, was ihr Mann Martin, ein aus dem Schwarzwälder Boten destillierter Herr, alles tut – nämlich alles.

Ab und zu sagte die Katharina:
„Die Kika muß jetzt aus ihrem Leben erzählen!" und die Damen hielten in ihren leicht aneinander vorbeilaufenden Erzählungen kurz inne und schauten mich erwartungsvoll an.
Es erinnerte mich an ein Klassentreffen – so, als habe man sich vielleicht 25 Jahre nicht mehr gesehen.
Nach einer Weile lernten wir den Marius kennen, der aus seinem Mittagsschlafe erwacht, noch ganz benommen war, und uns grämlich musterte. Ein ganz dünner und spilleriger Säugling, frei von Speckpolstern, so jedoch braun gebrannt.
Nimmt man ihn auf den Arm, und versucht etwas Entzücken zu mobilisieren, so windet er sich wie ein kleines Fröschlein, das wieder in seinem Tümpel abgesetzt zu werden wünscht.
Obwohl er fast ein halbes Jahr älter ist, als der kleine Julian ist er ungleich viel leichter, indem er nämlich so gut wie gar nichts wiegt.
Jetzt krabbelte er possierlich über den Rasen, stopfte sich Steine in den Mund, und riss dabei auch noch einen Blumentopf um.

Abends rief mich die Hilde aus Juist an:
Hilde und Omar haben beschlossen, nie wieder gemeinsam Urlaub zu machen.
Der Omar bekommt manchmal seine fanatischen muslimischen Phasen, und in den Ferien sitzt er nur da und macht gar nichts.
Das nervt die Hilde.

Donnerstag, 30. August
Trossingen

Grau verquollen.
Hi und da wahnwitzige Duschregenattacken

Im Morgengrauen war ich ein wenig traurig, weil´s draußen regnete, und dabei war ich von gestern her die Schönheit noch so gewohnt, und sah mich im Geiste bereits bei Sonnenschein durch Freiburg flanieren.

Nach dem Frühstück rief meine Freundin Petra an, und wollte mich gleich so herzlich zum Mittagessen einladen.
Wie nicht anders zu erwarten, löste die Petra durch ihre magischen Schwingungen eine freudige Loggoröh in mir aus. Ich berichtete plastisch, daß das Baby von Ute M. so süß sei, daß wir am Montag dort anrufen und fragen sollten, ob wir das Baby mit auf ein Picknick nehmen dürfen?
Dann wiederum erzählte ich aber auch, daß die Ute nach Ablauf ihrer Schwangerschaft leider ganz verbeult geblieben ist.

Schließlich fuhr ich zum Zwecke meiner Urlaubsgestaltung erstmal nach Rottweil, doch dort ließen sich keine Münzen in die veralteten Parkuhren pressen!
Etwas, das mich mit einem Senioren verband, dem der Ärger darüber ins Gesicht geschrieben stand.

Ich fuhr nach Balingen:
An einer Stelle mußte mein rechter Reifen beständig über düstere schwarze Straßenflicken holpern und auf einmal ging ein ungeheuerlicher Monsunregen los.
Ich sah praktisch gar nichts mehr – bloß, daß hinter mir ein verärgerter Autofahrer lichthupte, weil ich ihm nicht schnell genug war, um dann später mit einem empörten Hupton an mit vorbeizufahren. (Eine Unverschämtheit!) Und ich hatte doch so große Angst, ins Schleudern zu geraten.
So hielt ich hinter einem anderen umsichtigen Autofahrer ganz lang, und es duschte und prasselte eine Ewigkeit auf uns nieder.

Freitag, 31. August

Sehr trübe. Regen.<br>
Abends reizvolle zurückgeschobene rosa Bewölkung

In Freiburg:
Ich saß im „Café Journal" und trank eine Schale Milchkaffee, während es draußen leider ganz düster war und auch noch zu nieseln anfing. Man sah die Regentropfen in der Luft schwirren, und in der anonymen Masse der mir sehr fremden Freiburger Bevölkerung wurden bunte Schirme aufgespannt.

Basel am frühen Abend:
Besuch bei Frau Kettler.

Frau Kettler bereitete mir eine Caprese mit Basilikum aus dem Garten zu, und wir setzten uns zu einer Brotzeit nieder.

Auf dem Tisch lag das dicke Buch „Nichts", welches derzeit auch vom interessierten Kläuschen in Bonn gelesen wird, und Frau Kettler, die sehr gerne Bestseller liest, sagte humorig: „68 Mark hab ich hingeblättert. Für nichts!"

Ich las den Anfang von dem Buch, und stellte mir vor, wie das jetzt wohl so wäre, *wenn ich die 600 Seiten bis zum Ende läse, und wenn Frau Kettler etwas sagen will, dann würde ich sie mit einer strikten Geste der Hand zum Schweigen bringen, ohne meine Augen aus dem bannenden Bestseller zu lösen?*

Frau Kettler erzählte mir plastisch, wie der Herr Prof. Bossert immer nur über Orgeln spräche, so als gäbe es kein anderes Thema auf der Welt, und daß in fünf Tagen in Halberstadt das längste Konzert aller Zeiten anhübe:

Auf dem Programm stünde ein Werk von John Cage.

Eine Komposition, die man so sehr in die Breite gebügelt hat, daß sie 639 Jahre lang dauern soll, obwohl man es in einem zügigeren Tempo auch in zwanzig Minuten dahinfingern könnte.

Das Konzert begänne allerdings mit einer Pause, und diese Pause wiederum dauere drei Jahre lang.

Dann wurde Frau Kettler fiebrig wie ein religiöser Eiferer während einer Predigt, und erzählte erbost,

wie man ihr die „Tage der alten Musik" geklaut habe.
Ein kleines Festival, das sie einst initiiert hatte.
Böse Zungen hatten Gerüchte gestreut, sie sei unheilbar krank, und könne diese Aufgabe auf keinen Fall weiterbetreiben, - und dabei ist sie doch völlig gesund.
In der Akademie aber verbreitete sich das Gerüchte, daß es mit ihr nach schwerer Erkrankung nun wohl zuende ginge.
Mit den „Tagen der alten Musik" sei´s somit nun zu spät für sie.
Ich erfuhr, daß ihre große Schwester Vera (23 Jahre älter) sie immer nur bekrittelt und bemäkelt. Doch in diesen Bekrittel- und Bemäkelung erkennt sie sich irgendwie nicht so recht wieder.

# September 2001

Samstag, 1. September
Trossingen - Hausach

Zunächst eher dunkel bewölkt. In Hausach milde

Ich fuhr durch Emmendingen.
Dort wird man mit einem großen Schild willkommen geheißen:
„Emmendingen. Die Stadt der Tagebücher"

Erst als ich durch Hausach selber fuhr, erfaßte mich eine Art Vorfreude auf ein neues Kapitel im Leben.
Ich klingelte, und der Gerhard mit seinem lieben Gesicht begrüßte mich so herzlich mit einer tief empfundenen Umarmung.
Er trug einen steifen ländlich blauen Anzug, an welchen ein schlichtes kleines Kreuzerl angepinnt war.
Seine Haushälterin Jeannette hatte ich bereits ein bißchen vergessen, und erst plötzlich fiel sie mir wieder ein – so wie dem Ming in Friedels Gedicht, als ihm PLÖTZLICH einfiel, „was er kann machen ganz allein."

*Da sitzt er nun,*
*und weiß nicht was zu tun.*
*Plötzlich fällt es ihm ein,*
*was er kann machen ganz allein.*

(Hatte der Friedel als hochromantischer Jüngling einst gedichtet.)

Leider lief zum Abendessen ein Fußball-Qualifikationsspiel England gegen Deutschland, welches 1 zu 5 gegen Deutschland endete, doch nicht darauf bezieht sich mein „leider", sondern darauf daß es überhaupt lief, und sich das ekelhafte Gegröle in die Pfarrstube ergoss.
Es gab köstliche Weißwürste mit einem Spezialsenf, Salat, und durchlöchertes Schwarzwälder Graubrot, und es ging so zu, wie bei normalen deutschen Familien:
Gerhard & Jeannette sahen sich das Spiel gebannt an, und manchmal, wenn *fast* ein Tor gefallen wäre, grölte es aus ihnen regelrecht *heraus*!
Ich saß dabei, und das einzige, was mich interessierte war, wann das wohl endlich mal zuende ist?
Einmal frug der Gerhard die Jeannette so entwaffnend über seine letzte Predigt:
„Wie war meine Predigt?"
„Gut."
„Gell, da haben die ö bißele g´lacht, als ich über meine Eitelkeit sprach!" sagte er, und verkörperte dabei eine Mischung aus meinem Vetter Heiner & meinem Klavierlehrer Herrn Bloser, so daß man diesen süßen Herrn richtig liebhaben konnte.

Mir kam die Idee, und ich sprach sie sogar aus, daß die beiden, nach dem verlorenen Fußballspiel vielleicht den ganzen Abend ungenießbar sind?
Etwas, was ja in vielen Familien vorkommt.
Die Enttäuschung brannte der Jeannette im Gesicht, das davon ganz rot angelaufen war – so, als habe ihr

jemand vor allen dran eine schallende Ohrfeige herabgehauen.
Doch der Gerhard sagte so rührend, er bräuche nur mich anzuschauen, und dann sei er wieder genießbar.
Ich schlug vor, daß wir uns doch vorstellen könnten, wir seien Engländer – und zu Übungszwecken könnten wir auch gerne den ganzen Abend lang Englisch reden? Dann wären wir wieder froh.
Mürrisch und verdrossen wie eine offgepisste und unverstandene Jugendliche tischte die Jeannette Wein und verzwirbelte Käsestangen auf.

Hi und da gab es leider einen Weinfleck auf dem Tischtuch zu beklagen, der übersalzt werden mußte, und ich riss einen kleinen Ostfriesenwitz, den ich selber erfunden habe: „Was macht ein Ostfriese, der aus Versehen Salz auf dem Tischtuch verstreut hat? Er gießt Rotwein drüber!"
Gerhard & Jeannette gehen wie ein altes Ehepaar miteinander um, und ich erfuhr, daß sie sogar zusammen in den Urlaub zu fahren pflegen.
In diesem Sommer radelten sie von Passau nach Wien, und nun wurden Landkarten geholt und ausgebreitet, und ich deutete beispielsweise auf die ostfriesischen Inseln, die sich auf der Landkarte klein wie Brösel ausnahmen.

Sonntag, 2. September
Hausach - Trossingen

Sonneneinschlag
mit Wolken unterschiedlichen Kolorits

Frühstück:
Es gab aufgetaute Zwetschgendatschis, und ich erfuhr, daß der Gerhard leider kein so gutes Verhältnis zu seinem Vater gehabt hat, der am 2.2. dieses Jahres im gesegneten Alter von fast 90 Jahren starb.
Doch der Gerhard erzählte es auf seine sonnige Art – frei von Bitternis.

Nach dem Frühstück brachen wir zum Gottesdienst auf.
Ich nahm in der hintersten Reihe Platz, weil ich in Antjes Tagebuch schmökern wollte.
Die arme Antje litt nach dem Indienbesuch unter Elendsgefühlen und Depressionen, versuchte diese allerdings durch positive Gedanken in die Knie zu zwingen.
(„Wie freue ich mich!")
Die Kirche war so voll, wie es für mich und meine Konzerte womöglich immer ein Traum bleiben wird, so daß ich gar nicht in Ruhe schmökern konnte, sondern angestrengt an den Frömmigkeiten partizipieren mußte. („HERR erbarme Dich!")
Ich tat eifrig und aus voller Seele mit, weil ich mich von der Seniorin neben mir (zirka 65 Jahre alt und

mit einem grauen Staubwedel auf dem Haupt) argwöhnisch und mit leicht verhaltener Empörung beobachtet fühlte. („Was will denn *die* hier?? Und dann liest sie auch noch im Goddesdienscht?!")←
quollen Gedanken dieser fremden Frau in *meinem* Kopfe auf.
Leider fühlt man sich im Schwabenland oft sehr ausgegrenzt, einsam, und als Fremder mißtrauisch beäugt.
Der Gerhard flocht eine bewegende Geschichte in die Predigt ein, und erzählte dichterisch, wie er in Wien ein Konzert des Johann Strauß Orchesters besucht hat.
Ein grober Mensch pöbelte einen älteren Herrn in der ersten Reihe unschön an, und zog den Bepöbelten direkt wüst an dessen Krawatte in die Höh´, weil er meinte, dies sei *sein* Platz!
Da zog der alte Herr geknickt und gedemütigt mit seiner Gattin in die zweite Reihe um.
Doch dann eilten Helfer und Helfershelfer herbei, und baten den Grobian höflich aber unmissverständlich darum, den Saal zu verlassen.
Um das Geschehen herum brandete Applaus auf, und das betagte Ehepaar durfte wieder in der ersten Reihe Platz nehmen.
Der alte Herr stand auf, bedankte sich höflich für den Applaus und erzählte, daß er grad heute seine goldene Hochzeit feiere, und extra mit seiner Frau aus New York herbeigereist sei, um sich ein paar schöne Tage in Wien zu gönnen.

Daraufhin bot das Orchester dem Jubelpaar ein Ständchen.

Wir Lauschenden erfuhren, daß die, die sich erniedrigen, vom HERRN großgemacht würden, und umgekehrt natürlich…doch dann mußte der Gerhard Teile dieser vorschnell gezogenen Schlüsse doch wieder zurücknehmen:

Daß nämlich die Botschaft, man dürfe nicht immer einfach Platz in der ersten Reihe nehmen, nicht für die Kirche gelte, wo man sehr gern die vorderen Reihen besetzen dürfe, um JESUS nahe zu sein.

Dies sagte er, weil die Kirchen normalerweise immer so aper bestückt sind, daß es einem Sorge machen kann.

Nach dem Goddesdienscht bin ich mit dem Gerhard auf den Berg hinaufgewandert.

Aus mehreren Fenstern im Ort konnte man welke alte Damen herausschauen sehen, die am Ende eines langen Lebens angelangt waren, und ich hatte das Gefühl, daß jede Omi, die dem Geistlichen unterwegs begegnete, und mit welcher er auf seine milde, gütige Art ein paar Worte wechselte, aus einer ungläubigen Freude und Ergriffenheit heraus immer nur mit „Ha ja!" antworten konnte.

Viele erinnerten mich an die Esslinger-Oma, auf Opas alten Fotos.

Oben auf dem Turm trugen wir uns in das Turmbuch ein und zwirbelten uns auf der Wendeltreppe in die Höh´, um auf das still daliegende, leider nicht besonders schöne Hausach draufzuschauen.

Die Jeannette kocht immer sehr gutbürgerlich und rustikal:
Es gab Salat, Nudeln und schwarze Rindfleischstücke in einer Weintunke.
Jeannette: „Do isch a ganzi Litri Wien dri!" (so ähnlich), da sie ja alemannisch spricht. (Da ist ein ganzer Liter Wein drin.)
Ich frug den Gerhard, ob er nicht vielleicht doch mal Papst werden wolle, und wirbelte fast gleichzeitig die Frage auf, wie andere das wohl anstellen?
*Ich stellte mir vor, wie sich dieser schöne Gedanke in Gerhards Kopf einnistet, und den braven Mann einfach nicht mehr los lässt.*
*Warum sollte es nicht auch mal jemand aus Hausach schaffen den Stuhl Petri zu besteigen?*
*Und wenn ich in zwei Jahren mal o-ruf (spürt man, wie das Alemannische so langsam Besitz von mir ergreift?) so heißt´s womöglich: „Ja, lesen Sie denn keine Zeitungen? Der Hochwürden sitzt jetzt auf dem Stuhle Petri!"*
Zum Nachtisch gab es einen Wackelpudding mit Eierlikör.
Nach dem Essen schaute die sportbesessene Jeannette Formel eins, und zum Abschied umarmte sie mich sagenhaft nett. (Ganz lange und gerührt und multipel nachfassend, – so als würde man sich nach menschlichem Ermessen niemals wieder sehen.)
So, als stünde man am Hafen der Lethe, von dem aus es leider kein Zurück mehr gibt....

Montag, 3. September
Trossingen

Zunächst sagenhaft schön.
Hernach etwas wolkenverkleistert (Z.T. dunkelgrau)

Ich schrieb das Briefabbo an meine Freundin Simone zuende und begab mich ins Städtele hinaus, wo ich im Supermarkt lauter bleiche Einkäufe tätigte, weil mir leider nichts anderes einfiel, als Bleiches! Milch, Käse und Klopapier.
Auf dem Heimweg sah ich in Volksbanksnähe den Professor Rademacher in einem bleichen Anzug wabern. Doch er tat so, als sähe er mich nicht!
Von der Ferne sah er aus wie eine Frau, die wiederum ihres Zeichens wie ein Loriot-Männle ausschaute.

Einen netten zwischenmenschlichen Kontakt hatte ich auch noch:
Am Hochschularsch (der Hinterpforte) traf ich jenen „Herrn Messner" aus unserer Zeit „Im Tal" ( Ende der 80er Jahre), den´s „au no gibt", obwohl er erst vor kurzem eine Herztrombose bekam, so daß ihm ein Herzkatheter gelegt werden mußte.
Ich schaute auf sein orgelpfeifenförmiges leicht vergilbtes Zahnbild im Sonnenschein drauf, und beplauderte ihn so nett.
Herr Messner hat mich so gern, daß er mich in sein Haus in der Ernst-Haller-Str. Nr. 45 einlud, falls ich mal dort vorbeikäme.

In „Brisant" kam etwas über den vor 15 Jahren spurlos verschwundenen dreijährigen Gastwirtssohn „Dominik Stahl".
Man sah seine altgewordene Mutti, die damals dachte, daß es nun gar nichts mehr gäb, für das sich ein Weiterleben lohne…und dann kamen dubiose Briefe, in denen zu lesen war, daß der Junge lebt!
Doch die Polizei meint, dies habe bloß ein Wichtigtuer geschrieben.

Treffen mit Petra & Tobias im „Bären".
Die Petra leuchtete vor Freude, mich wiederzusehen, und der Tobias sagte über meinen Kuß „vielen Dank!"
„Oh bitte!" sagte ich auf Art vom Beätchen.
Vor der Gaststube lag ein großer Hund und versperrte allen Gästen den Austritt.


Dienstag, 4. September

Ganz grau und häßlich.
Abends Regen (morgens auch)

Telefonat mit Frau Wachtenberg.
Mutti Wachtenberg übte soeben Klavier, unterbrach ihre Studien allerdings freudig, als sie hörte, wer da anrief. Nämlich ich ← (natürlich).
Ich erfuhr, daß sie mit ihren beiden Töchtern Urlaub auf jener kleinen Insel neben Malta gemacht habe.

Es sei aber sehr heiß (zu heiß) gewesen, und man konnte nur ein wenig im Mietsauto herumfahren, und hi und da vielleicht einen Cappuccino trinken, und dann waren die Ferien auch schon wieder um.
Jetzt übt Mutti Wachtenberg ohne bestimmtes Ziel Kammermusikwerke auf dem Klavier ein, obwohl sich noch niemand gefunden hat, der ein Interesse gezeigt hätte, gemeinsam etwas einzustudieren, und in ihrem Alter von nun bald 50 Jahren traut sich Mutti Wachtenberg auch nicht mehr, jemanden diesbezüglich anzusprechen.

Auslosebedingt schrieb ich Briefe:
An Frau Max in Goslar und den Pfarrer Abel in Fulda.
Doch meine Briefe kamen mir beim Durchlesen ein wenig seltsam vor:
Um das Blatt zu füllen hatte ich einfach etwas davon fabuliert, wie sich in Belgien der Diener hätte als Schloßherr ausgeben können, und man frägt sich vielleicht leicht verwundert, was eine 38-jährige reife Frau wohl dazu bewegen könnte, *dererlei* zu schreiben??

Petra & Tobias luden mich zu einem Dienstagsausflug ein, und wir schlängelten uns auf's Klippeneck, (einen hohen Hügel und beliebtes Ausflugsziel) wo wir dann einen windverblasenen Ausflug tätigten.
„Was hat euch dazu bewogen, mich mitzunehmen?" frug ich die jungen Leute, und die Petra meinte, sie

wäre gestern abend so müde gewesen, daß sie hinterher vom Gefühl befallen worden war, daß dies wohl kein so berauschender Abend für mich gewesen sein dürfte? Und diesen Eindruck möchte man nun durch einen schönen gemeinsamen Ausflug wieder aufpolieren.

Der Tobias war wieder ganz schweigsam, weil er eben ein verlegener junger Mann ist, doch seine Wellenlänge ist im Grunde nicht schlecht.
Trotzdem kam erstmal keine waahnwitzige Stimmung auf, obwohl ich danach herumruderte und innerlich unermüdlich nach einem konversatorischen Funken stocherte.
Und so sprachen wir nach einer Weile über Buz & Gloria.
Meine Worte wirkten vielleicht gar ein wenig so, als sei „das Kind bereits in den Brunnen gefallen" und Buz und Gloria fest liiert?
Ich parodierte einen schwäbischen Standesbeamten, vor welchem Buz und Gloria bzgl. des Ja-Worts stramm-Gewehr-bei-Fuß stehen, und der ganz neutral auf den gigantischen Altersunterschied von fast 40 Jahren reagiert, weil´s ihn ja nichts angeht.

Wir sprachen davon, daß Lady Di wie eine Frau im Märchen einen hübschen und einen häßlichen Sohn habe, und der Tobias meinte selbstbewußt, bei seiner Mutter sei dies ebenso.

Sein 25-jähriger Bruder Heiko sei nämlich leider ganz häßlich und habe demgemäß auch üüüberhaupt keinen Schneid bei den Frauen.

Dann erzählte ich denen, wie Herr Heike es gut habe, da er ja zu komponieren versteht.

An einem verregneten Nachmittag wie dem heutigen kann er sich somit in seinem Arbeitszimmer nützlich machen. Er holt ein frisches Notenblatt hervor und schreibt:

*Sonate für Violine & Klavier*
*Franziska König gewidmet*

Doch dann denkt er ein wenig darüber nach, und streicht den letzten Passus wieder weg.

Dann formt er einen modernen Akkord und schreibt vielleicht „rau" oder „ruppig" darüber, und so füllt er dann das ganze Blatt.

Ich erzählte, wie es ist, wenn Buzens Schwiegerschülerin Silvia mal sagt: „Ich habe Hunger!"

„Ja, ja, Hunger auf meinen Sohn!" sagt Franzens Mutti, und das fand ich so lustig, daß ich laut lachen mußte.

Mittwoch, 5. September

Trübe, grau und verregnet

Folgendes träumte mir:
*Ich wollte nur direkt aus dem Hause über den Zebrastreifen hinweg zu der gelb angestrichenen Musikschule laufen, und weil's so nah war, trug ich meinen teuren Hill-Bogen einfach so, und ohne Umhüllung dort hin. Doch direkt vor der Musikschule kurbelte ein Japaner im Auto die Fensterscheibe herab, packte meinen Bogen an der Spitze, und brach ihn ab! Und dazu grinste er mich dumm-dreist an.*
*Erbost versuchte ich mir das Kennzeichen zu merken, doch ich merkte mir nur einen Teilaspekt davon. O oder OF – ich vergaß es hernach ein bißchen 110 – 1812 (so etwa.)*
*Dann lief ich mit den Überresten des zerbrochenen Bogens ins Haus und fühlte mich ganz traurig.*
*Ich frug Ming, wie wohl die Himmelsrichtung heißt, in welche der Japaner nun hinweggefahren war, und stellte mir vor, wie die Polizei ausrechnet, wie weit er mittlerweile wohl gekommen sein könnte?*
*Doch erst nach einer halben Stunde wählte ich die Nummer der Polizei.*
*Die Automarke hätte ich mir merken sollen!* dachte ich verärgert über mich selber.
*„VERDAMMT NOCH MAL!" rief ich nach Art des Dirigenten Michael Kühn hochverdrossen aus,* als der Wecker schellte.

Mittags blies mein Nachbar Hikaru stupide Fingeraufklappsübungen auf seiner Trompete.

Es war sicher nicht wahnsinnig laut, ging mir aber schrecklich auf die Nerven, so daß ich am liebsten gleich hingeeilt wäre, um ihm zu sagen, daß dererlei „Übungen" nicht den geringsten Nutzen haben, und reine Veruntreuung wertvoller Lebenszeit seien. In dieser Zeit könnte er sich schick machen, in die Stadt fahren, und sich eine passende Ehefrau suchen.

Es sei, so ich im Geiste, als wolle ein Schriftsteller Buchstabenketten niederschreiben, um hernach noch geschmeidiger Romane zu schreiben – *bloß, daß ich bei dieser wortreichen Ausführung womöglich in ein tumbes Gesicht blicken muß, aus dem einem nichts als Unverständnis entgegenschlägt?*

Diese Worte brachte ich jedoch aus jenem Grunde nicht an, weil der Hikaru womöglich ein Japaner mit steirischer Grundmentalität ist? („Jetzt erst recht!") und dann hätte ich einen Todfeind gleich nebenan.

Mein Gesicht fühlte sich von den verärgerten Gedanken ganz verformt an.

Doch dann wies ich mich selber zurecht: Daß ich nicht so negativ sein dürfe, und es netter wäre, wenn ich hinginge, und den Hikaru mit einer freundlichen und völkerverbindenden Umarmung begrüßte.

Gegen drei Uhr joggte ich in einer unerfreulichen Wetterlage los.

Unerfreulich derothalben, weil das Wetter so stagniert schien, wie's vielleicht die Schüler vom verstorbenen Kontrabassprofessoren Ovidiu jetzt sind? (Steckengeblieben auf halber Höh´, und keine Besserung in Sicht) und in der Nähe vom Rehgehege wurde ich auch noch von einem jähen Regenschauer durchnässt.

Auf dem Heimweg lernte ich ein Seniorenehepaar kennen, und freute mich im Rahmen meiner Einsamkeit sehr darüber.

Die Frau sagte, ich hätt´s umgekehrt machö müssö. (Nämlich den Berg hinabrennen.)

Ich lachte erfreut, und dann meinten beide: „So lang man´s verschnauft?"

Abendessen mit Petra und Tobias bei Ute B. im Neckartal:

Ich brachte der edlen Gastgeberin einen Biowein als Gastgeschenk mit und sagte: „Der kommt aus dem Bioladen. Den dürfen sogar die Kinder trinken."

Mutti Ute war noch in der Küche beschäftigt, und die Kinder gerieten außer Rand & Band.

Ich hatte das Gefühl, daß sie der Petra, die Kinder nicht ausstehen kann, unendlich auf den Wecker fielen.

Die Feli raste immer hin und her und krisch enthemmt ein ums andere Mal:

„Tschüss auf Widaseeeehn!", lachte sich halbtot über diese infantilen Worte, und die kleine Rosalie machte ihr immer einfach alles nach.

Hi und da ritt die Feli auf dem Besen herein, und warf mit Schuhen herum.

Wir Gäste standen dem Geschehen pädagogisch völlig hilflos gegenüber.

„Warst du auch so?" frug ich die Petra hilflos.

„Ich war wenigstens wirklich witzig!" sagte die Petra.

Von einem Spezi vom Hubert der kurz hereinschaute, bekamen die Kinder je einen Lutscher geschenkt und später schimpfte die Ute den Hubert leicht aus, daß er so etwas duldet.
Die Feli heulte einmal laut und barmend, weil die Ute gesagt hatte, sie dürfe den Lolli erst nach dem Abendbrot essen, und Vati Hubert wiederum hatte gesagt, sie darf ihn erst morgen früh essen, und die Rosalie aß ihren schon jetzt!
Der Hubert ist aber immer so warm mit den Kindern, nahm die Feli so nett auf den Arm und bebusselte das heulende Bündel, das doch eben noch so lustig war, zart und liebevoll, dieweil er ja mit ganzem Herzen und sehr gerne Vater ist.

Donnerstag, 6. September

Zuerst Postkartensonnenschein. Dann nieselig

Ich schaute einen bannenden Film an:
Wie eine Mutti ihren ewig plärrenden Säugling einfach erstickte, und der Säugling wenig später, mit der Pseudodiagnose „plötzlicher Kindstod" behaftet, im Sarge in die Erde hinabgelassen wurde.
Da frug ich mich, ob der „plötzliche Kindstod" wohl immer einen derartig sonderbaren Ursprung hat?
Dann überlegte ich herum, wie der Ovidiu wohl wirklich zu Tode gekommen sein könnte? Nun ist er

gerade mal ein halbes Jahr tot, und schon haben sich so viele Mythen gebildet:

Die einen sagen, der schwergewichtige junge Mann sei früh morgens, nach Art eines gestrandeten Wals, tot in einem Park gelegen, andere sagen wiederum, Studenten hätten ihn tot in seinem Hotelzimmer gefunden?

Unfaßbar wär's natürlich wiederum, *wenn's in den Zeitungen hieß, die Frau vom Ovidiu habe ein Geständnis abgelegt: „Ja, ich habe meinen Mann getötet."*

*(Unter der Last der Beweise brach die 34-jährige schließlich zusammen.)*

Frau Kettler hat eine sehr schwere Kiefernoperation hinter sich, und es geht ihr nicht gut. (Eine unerhört komplizierte Knochenumformung.)

Am Telefon berichtete sie, daß sie derzeit Übernachtungsgäste aus Spanien habe, die ihr einfach von ihrer Schwester vorbeigeschickt worden waren.

Leider sind die Gäste so schrecklich anders als Frau Kettler, die wiederum überaus musisch und begabt ist, so daß sie im Jahre 1961 beim <u>allerersten</u> Wettbewerb „Jugend Musiziert", 13-jährig, im Fach Klavier bereits einen ersten Preis auf Landesebene absahnen durfte.

Ihre sonst so spröden, verstaubten und betagten tschechisch-mährischen Eltern, die bereits Enkel und hinzu noch zwei erwachsene Kinder extra hatten, seien damals vor Stolz und Freude fast geplatzt, und dies war für Frau Kettler bislang der schönste Tag in ihrem Leben.

Ein kleiner freudiger gedanklich-erzählerischer Ausflug in die Vergangenheit, und schon saß man wieder im Pißpott der Gegenwart:
Abends leeren die deutschen Gäste aus Spanien gleich mehrere Flaschen Wein, so als gäbe es für derart reiche aber auch schale Leute offenbar nichts anderes zu tun, als sich mühsam durch den Tag in den Abend zu hangeln, um herumzusitzen und einen über den Durst zu heben?
Über Küsse sprachen wir auch, und ich erfuhr, daß sich Frau Kettler mit ihren Eltern nicht mal die Hand zu reichen pflegte. Man grüßte, wenn überhaupt, lediglich muffig im Vorübergehen
„Hat Dir da nichts gefehlt?" frug ich mitleidig.
„Doch!" sagte Frau Kettler, und erzählte, wie vor dem Abflug nach Boston im Jahre 1966 alle anderen potentiellen Aupairgirls um sie herum innig abgeknutscht wurden.
Sie aber stand nur hilflos mit ihren Eltern so rum, und sagte vielleicht dem Sinne nach: „Ich ruf nicht an, gell? Zu teuer. Wenn Ihr nichts hört, so bedeutet das, daß es mir gut geht!"
Dann sprachen wir auch noch verbindend über den Sechsfachmord auf einem Einödhof in Hinterkaifeck (Bayern) im Jahre 1922, der bis heute nicht geklärt werden konnte.
Über die Liebe sprachen wir auch, und Frau Kettler meinte, sie sei eigentlich ihr ganzes Leben über immer verliebt gewesen.
Seit ihrer Teeniezeit begann sie eine Affäre nach der anderen, und konnte sich bislang einfach nicht

bremsen, auch wenn sie mittlerweile im Kollegenkreis leider als Nymphomanin verschrieen ist.

Etwas, womit man sich abfinden muß, denn es heißt ja „wer sich verteidigt, klagt sich an".

Doch Kinder wollte sie nie, denn wenn die anfangen Hasch zu rauchen, so wäre ihr die Verantwortung zu groß.

Über den Professor B. sprachen wir auch, und Frau Kettler kann seine Erfolge bei den Frauen eigentlich nicht so recht verstehen.

Hi und da, wenn eine seiner Freundinnen, Jüngerinnen oder Schülerinnen geworfen hat, bekommt sie ein Fax oder eine Mitteilung daß er wieder Vater geworden sei, dieweil sie offenbar in einem Verteiler drin ist?

Freitag, 7. September

Trübe und dunkel

Ute M. hatte mir geraten, daß ich die ZEIT kaufen, und nach einem späten Glück für mich durchforsten solle.

Doch tief im Inneren habe ich einfach nur Angst vor den Sägemördern im Gewande des Biedermannes und sonstigen Sado-Maso-Psychopathen, die sich hinter Worten verbergen, die einem einen Zu-schön-um-wahr-zu-seienden Typen vorgaukeln sollen, und einen dichterisch begabten Menschen wie mich, in ihrer Wortwahl wie unter Peitschenhieben zusammenzucken lassen.

Mit der Überei ist´s derzeit nicht so spannend in meinem Leben:
Ewig diese Repetierereien längst erprobter Werke.
In den Ferien führe ich jetzt genau das selbe Leben wie im Alltag, bloß natürlich mit dem Unterschied, daß man im Alltag ständig ausrufen darf:
„Ich bräuchte dringend Ferien!"
Etwas, was man ja wiederum in den Ferien selber nicht darf.

In Deutschland wird z.Zt. ein 9-jähriger Junge aus Osterholz-Scharmbeck vermisst.
Er verschwand aus einem Schülerlandheim, und am Morgen fand der Lehrer nurmehr sein leeres Bett vor.

Ich schaute meinen Film über die Königskobra weiter.
Man sah, daß sich Kobras ungefähr genauso benehmen wie wir Menschen:
Sogar sumokampfartige Kämpfe fechten sie aus.
Beim Balzen hat sich ein Männchen nach Art eines Herrn sogar absichtlich etwas kühler gestellt, als er vielleicht empfand?
Eine Kobra legte 18 Eier, und man erlebte hautnah mit, wie eine kleine Kobra ausschlüpfte, um ein Kobraleben zu führen.

Entgeistert probierte sie ihre lange Zunge aus, und konnte es vielleicht kurz nicht fassen, daß sie ausgerechnet als Kobra wiedergeboren war, nachdem sie vielleicht früher Sekretärin in Hildesheim war?

Abends studierte ich die Heiratsanzeigen in der ZEIT, und fand die allesamt lachhaft.
Eine Dame schrieb gar international:
„No workoholics, please!"
Ich spürte, wie mich der Opa geprägt hat.

Stellvertretend für die Veronika regte es mich leicht auf, warum einer wohl geschrieben hat „Suche möglichst schöne Frau".
Ein Herr schrieb: „Mann, 35, sucht eine ganz normale Frau – bis dahin fand ich´s ganz nett- doch den Passus „für Gespräche über Gott und die Welt" fand ich ärmlich und platt.
(Für solch ein banales Klischee auch noch Geld auszugeben!)

Abends fiel mir ein Schüttling ein:

> *Ich will so gern den Unmündigen küssen,*
> *drum wird man mir wohl kündigen müssen.*

Samstag, 8. September

Regnerisch und dunkelgrau

Im Traum:
*Die Tante Antje wollte mich dazu überreden, eines der vielen Babys (Enkel, Stiefenkel, Schwippstiefenkel, Exschwippstiefenkel u.a.) die ständig bei ihr abgeladen werden, großzuziehen.*
*Den Marius hat sie allerdings nicht herausrücken mögen, weil sie den schon gewöhnt war.*

Eine gestresste Frau mit ihren beiden zirka vier- und fünfjährigen weißblonden Söhnen Markus und Philipp, kaufte im Bioladen ein, und mußte so oft "ein Machtwort" sprechen.
„Eigentlich mußt du nur mit dem Philipp schimpfen!" sagte der Markus altklug.
Doch der Philipp heulte ganz künstlich, um Rührung und Erbarmen zu erzeugen, und die norddeutsche Verkäuferin und ich lachten uns verbindend zu.

Daheim rief mich Frau Wachtenberg an und frug, ob ich wohl eine Stunde später kommen könne?
Natürlich tat ich höflichkeitshalber so, als sei dies kein Problem, doch später fiel mir ein, daß es wirklich netter gewesen wäre, ich hätte gesagt:
„Nein, das geht auf gar keinen Fall! Ich sitze nämlich die ganze Zeit da, und zähle die Minuten bis ich endlich kommen darf!"

Netter von Frau Wachtenberg wäre es allerdings auch gewesen, sie hätte gesagt:
„Macht es dir etwas aus, eine Stunde früher zu kommen? Ich kann´s nämlich einfach nicht mehr erwarten..."

Doch als ich abfahren wollte, erlebte ich eine böse Überraschung:
Mein Auto hatte seinen Geist aufgegeben:
Kein Röcheln, kein gar nichts – es war einfach gestorben, *wie ein alter Opa im Sorgenstuhle. Man berüttelt ihn, klatscht in mehrfacher Abfolge rasend schnell auf seiner gedörrten oder pergamentenen Wange herum* – nichts nützte (mehr), und ich wußte - buchstäblich wie in Friedels Gedicht – nicht, was zu tun?
Ich fühlte mich plötzlich so bedrückend eingesperrt im regentrüben Trossingen
Meine Nachbarin Iris Weber verwies auf den gemeinsamen Nachbarn Jakob Joletto. Kurz glaubte ich Land zu sehen, der unbekannte Nachbar erschien mir wie ein Heiland, doch er war nicht daheim, und so stand ich in doppeltem Sinne im Regen.

Netterweise hat mich meine lose Freundin Frau Wachtenberg dann aufgepickt, und gemeinsam fuhren wir ins acht Kilometer entfernte Balgheim.
Unterwegs erfuhr ich, daß ihr verloren geglaubter Sohn Matthias nun wieder bei ihr lebe.
Nach einigen Dramen rief er seine Mutti nachts an, und verkündete: „Jetzt darfst Du mich abholen!"

Noch im Negligée setzte sich Mutti W. ins Auto und fuhr ab, und der etwa 18-jährige Matthias mit seinem langen verfilzten Haar saß mitten in der Nacht in einem verglasten und verlassenen Bushaltestellenhäuslein.
Etwas wichtigtuerisch verkündete er, daß sein gesundheitlicher Verfall bereits jetzt und hinzu hochverfrüht begonnen habe, und er dringend in ein Krankenhaus gebracht werden müsse.
Mit einem seiner beiden Lungenflügel sei etwas nicht im Lot.
Im Krankenhaus habe man dann allerdings gar nichts Rechtes finden können, doch Mutti W. mußte entsetzt erfahren, daß der Herr Sohn bereits seit vielen Jahren raucht.
Bereits mit acht oder neun Jahren fing er damit an, und tat es immer heimlich, sogar nachts im Bett!
Ich erfuhr, daß er bereits eine Freundin habe: Erika.
Mutti W., die ja eine überaus anmutige, schleswig-holsteinische Variante von unserer taiwanesischen Freundin Lipi ist, muß sich somit nun wohl oder übel – und auch dies genau wie die Lipi - mit einer Schwiegerfreundin namens Erika auseinandersetzen.

Daheim duftete der schöne Pflaumenkuchen, welchen Mutti W. nach einem Rezept aus der „Brigitte" zubereitet hatte, bereits so köstlich.

Wir Damen setzten uns in großem Behagen nieder, um zu plaudern, und ich erfuhr allerlei:

Mit ihrer russischen Stiefmutter, 52 Jahre jung, versteht sich die Frau W. leider überhaupt nicht, und so kann sie ihren heute 85-jährigen Vater wohl kaum einmal unbekümmert besuchen, um an ihm herumzugenießen, so lange er noch da ist? Sie ist wahnsinnig traurig darüber, doch was soll man machen?? Ein Schicksal, vor dem auch mir graust!
Über ihren Ex Robert erfuhr ich ebenfalls allerhand: Daß es ihm früher nämlich immer so schlecht ging: *Ein* Nervenzusammenbruch jagte den nächsten.
Er heiratete viel zu früh, und dann hatte er auch noch eine schizophrene Freundin nebenher.

Nach dem Kuchen- und Konversationsgenuß kamen zwei hochalternative Typen zu Besuch, um den Matthias zu besuchen, von dem man die ganze Zeit über nichts gespürt hatte. Und dann fuhr mich Frau W. bei Dunkelheit wieder heim.
Dort war ich ganz einsam, und hätte meine Mama so sehr gebraucht.
Doch in Ofenbach meldete sich niemand.

Dann rief ich nochmals an, und sie waren immer noch nicht da!
Ich machte mir die schrecklichsten Sorgen und stellte mir vor, wie´s wäre, *wenn es jetzt hieße, Rehlein habe einen Schlaganfall erlitten, und man wisse zur Stund noch gar nichts Konkretes?*
Von Buzen erfuhr ich dann aber gottlob, daß Rehlein heut abend ein Konzert Mings in der Nähe von Passau besucht.

Buz rief am Abend dreimal wegen meinem verröchelten Auto an, um es mit Worten so hinzubeschwören, wie er´s gern hätte: Daß es gewiss nur die Batterie sei, und jemand mit einem Verlängerungskabel Abhilfe schaffen müsse.
Wieder trat mir der *verstorbene Opa im Sorgenstuhl vor Augen.*
*In diesem Falle würde Buz sagen, es sei gewiss nur das Herz, und es würde sich gewiss jemand finden, der den alten Mann durch eine fachkundige Herzmassage wieder zum Leben erwecken kann.*

Ich zu Buz:
„Ich fühle mich wie jemand im Gefängnis, dessen Begnadigungsgesuch abgelehnt worden ist."
Es regnete immer lauter und bedrohlicher.

Sonntag, 9. September

Trübe.
Am Nachmittag lugte allerdings hinter dunklem Wolkgebräu auf´s Reizvollste die Sonne hervor

Heute wurde ich AvD-Mitglied, und telefonierte diesbezüglich mit einem schleimigen Typen, dessen ölige Höflichkeit mir durch den Hörer hindurch ins Ohr hinein zu tröpfeln schien.
(Geschniegelt aus dem Anzug heraus).
„Womit kann ich Ihnen dienen?"

Meine Kümmernisse sprudelten aus mir empor – mitten in das Ohr dieses fremden Herrn, und ich fühlte mich wie eine unreife 18-jährige, die zum ersten Mal mit Papis Mercedes unterwegs war, und über Nacht alle Lichter angelassen hat.
Es hieß dann, ich müsse etwas länger als eine Stunde auf den Pannendienst warten, und so wartete ich los.

Zwischendrin rief mich der süße Ming an, um zu erzählen, daß sie in der Nacht um drei Uhr wohlbehalten aus Passau zurückgekehrt seien. Das Konzert wurde auch von Antje & Kläuschen besucht, die mir derzeit durch die Tagebuchlektüre so nahe gerückt sind.
Der Opa, so Ming, sei mittlerweile völlig verrückt:
Er frühstückt nachts um drei, weil er meint, es sei morgens, und so bereitete ihm das süßeste Rehlein mitten in der Nacht ein Frühstück zu. Doch als es so appetitlich und liebevoll auf dem Tische stand, trank der Opa mal eben einen Schluck Kaffee, und legte sich einfach wieder hin.
Nach fünf Minuten stieg er allerdings wieder an Land, und frühstückte von vorne los.

Besuch bei Prof. B. und seiner neuen rumänischen Frau Nicoletta am Nachmittag:
An den Wänden hängen die Computerskizzen von B.s geplantem Klavierkonzert „Chaos und Stille".
Ich lernte den kleinen Roman kennen, der gestern acht Monate alt geworden ist: Ein Baby mit großen Knopfaugen und etwas hängenden Hamster-

bäckchen, welches ich busselnd herumschleppen durfte.

Ich erfuhr, daß es mit Herrn Reimer wieder ärger geworden sei.

In der letzten Phase vor der Pensionierung würde *er* mit seiner schweren Wesensveränderung und Persönlichkeitsdeformierung, die auf Schizophrenie oder aber einen Hirntumor schließen lasse, sich wie GOTT fühlen, und habe schon ganz viele Leute vergrault.

Wie zum Hohne sogar den gottesfürchtigen Prof. Graul mit welchem er sich einfach so, um des überwerfen Willens, überworfen habe!

Telefonat mit dem süßesten aller Rehleins.

Rehlein erzählte, daß sie so gerne in Ofenbach sei, und kein großes Interesse mehr verspüre, Besuche zu empfangen oder zu machen.

Abends hatte mich die Petra zu einem Süppchen eingeladen.

Ohne großes Federlesen erfüllte mir die Petra einen Traum, indem sie mir die Symphonien Nr. 3 und 4 von Brahms auf Kassette aufnahm.

Leider nur von Günther Wand - ein wenig marschmusikspauschal interpretiert, wie ich fand.

Die Petra erzählte, daß sie heute Morgen zum Weißwurstessen bei der Iris und ihrem Freund (bei mir im Hause) geladen gewesen sei, und sich dabei so gleichmütig gefühlt habe.

Montag, 10. September

Meist grau und nieselnd.
Als ich bei der Petra war,
versprach eine Wetterverbesserung einzutreten,
doch jetzt, wo ich dies schreibe,
regnet es schon wieder laut

Ich erzählte der Petra, daß ich auf meiner langen Heimreise auch noch Station bei Ute M. zu machen gedächte, da ich das Baby noch mal sehen möchte, bevor es alt und häßlich ist.

Dann psychologisierte ich darüber, daß mir die Ute früher zuweilen leicht auf die Nerven gefallen sei, weil sie immer mit so einem großen Ernst im Fernsehsessel hockte, fernsah, und kein Ende dabei fand.

Doch inzwischen habe sich eine tiefe und dauerhafte Freundschaft entwickelt.

Man spürte Petras Skepsis, doch ich versicherte eifrig, daß die Ute so viele gute Eigenschaften habe, daß die wenigen, die vielleicht nicht so toll sind, davon völlig neutralisiert würden.

Mittags blies der Hikaru neben mir zu meinen schönen Brahms-Symphonien auf, und ich bin davon gleich von der ersten Sekunde an wild und böse geworden.

„Hööör auf, du blöder Kanack'!" vergaß ich mich in meinem Zorne leicht in der Wortwahl, und sagte dies

aus Versehen so laut, daß er es vielleicht sogar gehört hat?
Doch er blies trotzdem dreist weiter – und mein einz´ger Trost ist jener, daß der Hikaru so faul ist, daß er gottlob nur ganz selten übt.

In der Volksbank stand ein junger Russlanddeutscher, der einmal ganz poltrig aufredete, so daß die Umherstehenden erschrocken aufblickten.
Doch dann war´s bloß, daß er auf dem Händi mit seiner Mutter sprach.

Später rief ich die Petra an, um mein Kommen anzukündigen.
Ich frug, was ich wohl mitbringen solle, doch die Petra hatte gerade eine Zwetschgenwähe vorbereitet, und brauchte somit gar nichts.
„Umso günschdiger für mich!" kehrte ich in fröhlichem Tonfall die Schwäbin hervor.

Die Petra hatte bereits den Tisch gedeckt.
Auf dem Tische standen zwei Kannen Tee, und die Petra frug: „Willst du Tee oder Tee?"
„Tee", sagte ich.
Doch dadurch, daß ich etwas im Munde hatte, hörte es sich leicht debil an.
Das warme Gebäckstück mundete sagenhaft.
Ich erzählte der Petra, wie sich Mireilles Mutti im Internet einen Kanadier mit Schmerbauch gezapft hat, der auf die dröge Art eines Rentners, der in

diesem irdischen Leben nichts mehr vor hat, nun immer bei ihr herumhockt.

Mit dem Neuen an ihrer Seite wohnt sie in Japan, und wenn die Mireille zu Besuch kommt, und etwas erzählen möchte, so sagt die Mutti mit ihrem starken deutschen Akzent: „Mireille, please speak english!"

Die Erzählungen modulierten weiter, und wir kamen auf den verstorbenen Prof. Hamann zu sprechen, der morgen seinen ersten Jahrestag in jener Welt feiert, wo es einem angeblich um so vieles besser geht.

Vor einem Jahr lebte die Petra noch „am Rain", und war soeben am Packen, als sie vor dem Hause lautes Stöckelschuhgeklapper vernahm: Die Schwester des Verblichenen, die Loriot-Dame Evelyn Hamann war´s.

Ich stellte uns vor, *wie die Petra beim Begräbnis die Nerven verlor, und wie von Sinnen losheulte, da man dort endlich mal die ganzen Kümmernisse der vergangenen 30 Jahre in das Geheule packen kann? Doch dabei wird sie von der frischgebackenen Witwe angetippt. „Reiß Dich bitte zusammen, ok?" sagt diese streng und fuchsig, biegt ihren Kopf leicht in den Nacken und vibriert, in Empörung geraten, damit herum.*

Dienstag, 11. September

Grau verquollen.
Am Abend versprach´s kurz reizvoll zu werden –
doch mehr als ein vages Versprechen
wurde nicht daraus

Ich schellte bei der Petra. Es summte der Summer, doch die Tür blieb trotzdem versperrt.
„Isch nitt uff´gangö!" sagte ich ein ums andere Mal, und ergötzte mich an der Vorstellung, daß ich später, als 80-Jährige vielleicht so geworden bin, wenn ich die Petra mal wieder besuche?
*Wenn mir die Petra dann aufgeschlossen hat, sag ich die ganze Zeit:*
*„´Sch war nitt´ uff´gangö!" (Buschschwäbisch)*
*Und das Wörtchen „uff" spreche ich wie ein Puffgeräusch aus.*
Um elf Uhr mußte die Petra ihren Bruder Carsten anrufen, um ihn zum Lernen anzutreiben: Er hat eine mündliche Prüfung vor sich, und die Familie Wolff leidet ein wenig am Wolffschen Familien-Syndrom: Zu nichts kommend!
Ihre Schwester beispielsweise hat sich in eine frühe Mutterschaft geflüchtet, und lebt heut gänzlich von ihres Vaters Brösel.
Wir sprachen darüber, daß der indische Lebensabschnittspartner ihrer Schwester plant, die Welt durch eine Sektengründung aus den Angeln zu heben.
„Kinder des Lichts" soll die Sekte heißen, und die Anja, die seit einem halben Jahr ein kleines Baby hat,

muß die ganzen Schreibarbeiten übernehmen – ob ihr dies paßt oder nicht.

Ich mußte direkt ein wenig Obacht geben, daß ich mich nicht vom Wolffschen Familiensyndrom infizieren lasse, weil ich nämlich so lange dort blieb, und in dieser Zeit ebenfalls nichts Sinnvolles tat.

Auch die Petra hat damit sehr zu kämpfen. Meist spielt sie am Computer ein albernes Edelsteinspiel, und wird dabei Raum und Zeit enthoben.

Ist die Petra allein, so wartet sie immer auf ihren Lebensabschnittspartner Tobias, weil sie sich ohne ihn als unvollständige Hälfte fühlt.

Wie eine Kaffeekanne ohne Deckel, deren pralle Wärme allzu rasch verpufft.

Ich erfuhr allerdings, daß die Petra nicht vorhabe, Kinder von ihm zu bekommen, weil es in seiner Familie leider so viele Häßliche zu beklagen gibt, und die Petra, so wie einst Nietzsche, keine häßlichen Menschen anschauen mag.

Ich erzählte der Petra, daß es Herrn Reimer tagsüber immer kodderig zumute ist, weil er abends so viel Alkohol hebt, daß er immer ein kleines Döschen Bullrichsalz bei sich führt, damit er die quälende Magensäure ein bißchen binden kann.

Abends hörte ich, daß eine globale Tragödie stattgefunden hat, und daheim waren die Fernsehkanäle voll damit.

„„„Brisant" entfällt" – stand da lapidar zu lesen.

In New York waren einfach zwei entführte Flugzeuge ins World-Trade-Center hineingeflogen, wo 50 000 Menschen arbeiteten!

Zur Abenddämmerstund' gönnte ich mir einen Spaziergang auf dem Friedhof.
Ich hatte gehofft, daß Herr Hamann an seinem ersten Todestag vielleicht endlich einen Grabstein bekommt, doch noch immer zeugt nur das schlichte Holzkreuz von seinem kurzen Intermezzo hier bei uns auf Erden.
Seine bedeutungslos gewordene leere Hülle kompostiert vor sich hin.

Auf dem Heimweg sah man eine wie zum Lüften ausgerollte Wolkendecke mit Goldrand am Himmelszelt hängen.

Mittwoch, 12. September
Trossingen - Stuttgart

Immer noch grau und verharscht

Meine Träume hatten die Tatsache, daß sich Amerika jetzt mitten in der Apokalypse befindet, einfach hinweggeblendet.

Stuttgart am frühen Abend:
Nett standen Hilde und Yussuf in der Türe, um mich willkommen zu heißen.

Der kleine Yussuf lachte froh und freundlich, und ich streiche dem kleinen Mohren so gerne über seine niedliche Stoppelfrisur.

Wenig später kasperte er übermütig auf dem Sofa herum, und ich versuchte ihm eine packende Krokodilsgeschichte vorzulesen.

Mutti Hilde wirkte entgegen den bedenklichkeitsdurchtränkten Worten von Buz und Omi-Ella fröhlich und zufrieden.

Der Omar ist z.Zt. in Südfrankreich.

Als ich mal kurz ins Häusl entschwand, rief der kleine Yussuf im Flur: „Kika! Kika!" so, als habe er mich schon immer gekannt, was ja im Grunde auch der Fall ist.

Es heißt, das Yüsslein liebe mich sehr, und wenn ich nicht da bin, dann spricht er ganz oft von mir.

Er vermisste mich glühend, und wollte keine Sekunde länger ohne mich sein.

Eigentlich war das Yüsslein den ganzen Abend lang so entzückend, nur als es an den Bettbrung ging, gab´s, wie nicht anders zu erwarten, ein großes Plärrkonzert.

Ich erfuhr, daß der Omar alle Freunde von der Hilde vergrault hat – bis auf mich. Mich findet er nett und hofft, daß ich ganz oft zu Besuch komme.

Donnerstag, 13. September
Stuttgart – Bad Vilbel

Grau und feucht. Abends Regen

Am Morgen stand bereits der kleine Yussuf in einem weißen Body und dem Schnuller im Munde mit seinen schokofarbenen Stampferln vor meinem Bett.
Von Mutti Hilde ausgesandt, mich zu wecken.
Der Yussuf sagte: „Kikkele!" zu mir – so wie der Opa. Dann gab er mir unzählige warme und zarte Kinderküsse.

Bald jedoch mußte man sich bereits in den Kindergarten sputen, denn in Hildes Leben als junger Mutti spielt sich derzeit alles auf Sputbasis ab – so, wie ja in meinem auch.
Im Treppenhaus griff der Yussuf so süß nach meiner Hand, weil er fliegen gelassen werden wünschte.
Ich seh´s noch vor mir: Die kleine, gepolsterte Schokohand, die nach der meinigen, vanillefarbenen, griff.
Dann saßen wir in der Straßenbahn, und dadurch, daß der Yussuf ja ein Mohr ist, und wir wiederum ganz normale, einheimische Frauen sind, wirkte es womöglich so, als würde ein kleines Kind aus Afrika ganz alleine durch die Stadt fahren.

Später versuchte das Yüsslein während der stringenten Fahrt aus dem Kinderbuggi auszusteigen, und an einer Ampel gegenüber der Liederhalle passierte das

Malheur, das man vorauszusehen geahnt hatte: Der Yussuf stürzte vornüber auf die Straße, und heulte laut los. Doch für Plärrorgien war einfach keine Zeit, und so zog die Hilde das wüst plärrende kleine Bündel Mensch stringent hinter sich her.
Wir hurtelten durch einen großen Park mit hohen Bäumen, in welchen ganz viele Eichhörnchen leben.

Der Yussuf weinte sehr stark – (so wie der kleine Mohr, dem einst „Fips der Affe" das Brot entwendet hat, in das er doch soeben freudig hineinbeissen wollte) und schluchzte: „Mein Eich-hörn-chen!" weil man ihn, der sich doch soeben mit einem kleinen Eichhörnchen hatte befreunden wollen, schon wieder weiter gezerrt hatte.
Bald darauf sah man das Eichhörnchen allerdings wieder, so daß eine große Träne, die dem Yussuf soeben die Wange hinabkullern wollte, im Weiterrinnen innehielt.
Und die Sonne beschien das kleine Bubengesicht erneut!

Bald darauf erreichten wir den Kindergarten „Stupsnasen", welcher mir sehr gut gefiel.
Der kleine Yussuf hat dort seinen eigenen Spind, und an der Wand pappt von jedem Kind ein schönes Foto im Kreise seiner Lieben.
Ob die Betrachter wohl ahnen, daß der Omar nur eine Torschlußlösung für Mutti Hilde war?

Sicher denken alle, der Mann aus dem Busch habe ihr die Sinne vernebelt, doch mit dieser Vermutung liegt man leider falsch.

Hi und da setze ich den Yussuf in Bezug zum Opa, denn: Dreht man die Zeit um genau 90 Jahre minus zwei Tage zurück, so bekommt man ein ziemlich exaktes Bildnis, wie weit der kleine Opa damals wohl schon gediehen war?
Der Opa hatte damals kurz zuvor (am 18. Juli 1911) ein kleines Schwesterlein bekommen, aus welchem dann später ein sog. dummes Luder geworden ist (so der Opa). (Die Tante Lore).
Doch damals ahnte noch kein Mensch, daß die Lore mal ein dummes Luder werden würde, und der kleine Opa war so stolz auf sein kleines Schwesterlein, und auf den Fotos war die kleine Lore so süß, daß man hätte toll werden können!

Ich erfuhr, daß Hildes Mutti immer gern spitze Bemerkungen darüber macht, daß die Hilde ihr zu dick sei.
(Ähnelnd Buzen bei mir.)

Freitag, 14. September
Bad Vilbel

Immer wieder Sonneneinstrahlungen
mit feuchtgrau wechselnder Bewölkung

Am Morgen erhob ich mich und stellte fest, daß ich in einem recht hübschen Ort gelandet bin: Mit altroten Dächern in interessanter Wetterlage:
Gemilderter Sonnenschein durch bläulich imposantes Wolkengebräu.

„Guten Tag!" sagte ich zu einem alten Herrn im Treppenhaus, und bildete mir gleich ein, das sei zu leis für das welke Seniorenohr gewesen, und er würde mich für snobistisch halten.

Wieder mal zeigte sich, daß ich mir viel zu früh Sorgen gemacht hatte:
Jenes Auto, das gestern so beklemmend dicht an das Meinige geschmiegt stand, war einfach verschwunden und hatte auch keine Schabspur hinterlassen, über die man sich hätte entrüsten können.

Beim zweiten Aufeinandertreffen befreundete ich mich mit dem hauseigenen Opa aus dem Treppenhaus.
„In Aurich haben wir Verwandte!" verriet er, und ich strahlte ihn begeistert an.

Mittagessen mit unserer langjährigen Freundin Mireille im Taj-Mahal in Frankfurt:
Wir kamen im Gespräch darauf, daß ich die Mireille genau heut vor einem Jahr minus einem Tag das letzte Mal gesehen habe.
Einen festen Trefftermin in der Zukunft hatten wir vor langen Jahren - am 20.6.1990 in Ulm - vereinbart: Zusammen mit Herrn Reimer und Frau Kettler wollten wir uns „heut in 30 Jahren" am 20.6.2020 in Ulm treffen.
18 Uhr auf Gleis 1 des Hauptbahnhofs.
Ich stellte uns vor, *wie die Mireille ihren Chef die ganze Zeit damit nervt, daß sie am 20.6.2020 auch ganz bestimmt frei bekommen würde.*
*„Aber, Mireille! Das sind doch noch 19 Jahre hin!" stöhnt der Chef.*

Einmal wurde die Mireille vom Händi molestiert.
Ich bildete mir ein, daß jegliche Freude aus ihrem Gesicht entwichen war.
Jetzt hatte sie sich so auf den Tag mit mir gefreut – ich hatte mit größter Müh einen Parkplatz ergattert, und nun kam vielleicht schon wieder etwas dazwischen?
Die Mireille sagte ständig „Hai! Onengai shimasu"* und verbeugte sich beständig tief mit dem Händi am Ohr.

*(Japanisch). Zu deutsch: „Jaa. Es ist mir eine Ehre!" oder auch „Zu Befehl, Euer Ehren!"

Später im Caféhaus:
Ein freundliches Ehepaar bat uns an seinen Tisch, und wieder zeigte sich Mireilles ungeheuerliche Entscheidungsschwäche:
Beinahe hätte sich die Mireille nach Art einer älteren Dame ein Piccolöchen bestellt, und schwankte immer hin und her.
Der nette Mann scherzte: „Wenn Sie bei Ihrer Hochzeit so lange mit dem „Ja" zögern, dann kommen Sie nie unter die Haube!"

„Die waren nett, gell?" sagte ich, als die beiden gegangen waren, und malte uns aus, *wie sie vielleicht zum Kellner gesagt haben könnten: „Unsere Nichten zahlen dann, denn die Parkuhr läuft aus...."*
Zu uns setzte sich dann eine Frau, die einfach rauchte!
Jetzt wiederum malte ich mir aus, wie *wir* dem Kellner sagen könnten: „Unsere Tante zahlt!"

Beim Abschied fühlte ich mich wehmütig, wie bei fast allen Abschieden:
Am 14. Oktober fliegt die Mireille nach Japan zurück, und ich hab Angst, daß Mutti Annerose vielleicht schon eine Arbeit für sie gesucht und gefunden hat, und die Mireille nun für immer dort bleiben muß?
Die Mireille soll ihrer Mutti helfen, die mit eben mal 62 Jahren bereits ein halber Pflegefall ist.
(Ein quälender, offenbar unheilbarer Husten – eventuell Lungenkrebs.)

Ich besuchte Margarethe und Konrad, die bei Konrads Mutti einen Urlaub abhielten, und lernte bei dieser Gelegenheit nun endlich die kleine Rebecca kennen, die wie ein Fuchspelz über das Schulterblatt von Mutti Margarethe gelegt war.
Es gab Wein aus einer drei Liter Flasche, die sich Vati Konrad irgendwo erorgelt hat.
Doch jetzt war der Konrad so quälend müde, als hätten böse Hände ihm ein Schlafmittel ins Essen gemixt.
Der Leopold, der noch kaum sprechen kann (nur Wortfetzen), fiel mir allerdings leicht auf den Geist.
Als Mutti Margarethe auf meinen Wunsch hin ihre Gitarre zückte, um mein Lieblingslied mit Klampfenuntermalung zu singen, lärmte er so unsensibel mit seinem Xylophon auf, und verdarb den schönen Kunstgenuß, so daß man ihn am liebsten gepackt und gebeutelt hätte.
Die Rebecca hat so süße, weißwurstartige Beinchen!

Ganz zum Schluß saß ich noch bei Margarethe und Konrad auf dem Ehebett. Wir sprachen über den viel zu frühen Tod vom Professor Hamann, und wie der Titel „Professor" der ihm zu Lebzeiten so viel bedeutet hat, auf dem Grabstein 500 Mark extra kosten würde, so daß die Familie auf diese Extragravur verzichtet hat.

Die Margarethe frug: „Brauchsch du noch was?" und ich sagte: „Ja. Einen Gute-Nacht-Kuß!"

Samstag, 15. September
Bad Vilbel - Aurich

Ganz verschieden getönt –
doch meist eher grau und nieselnd

Die kleine Rebecca liegt immer so brav im Eck und gibt keinen Mucks von sich, so daß man zuweilen ganz vergisst, daß es sie überhaupt gibt. Nur wenn man seinen eigenen Kopf leicht verrenkte, sah man das zarte kleine Haupt auf dem Schiefhals.
Den Leopold vergisst man jetzt allerdings nicht mehr. Einmal kippte er die Milch um, und der Konrad ist davon so aufgepoltert, wie ich es von ihm überhaupt noch nicht gekannt habe. Er packte den Leopold, stellte das aufplärrende Bündel barsch auf den Flur, und schloß die Tür von innen.
Der Leopold heulte sehr laut, und durch das Fenster in der Tür konnte man auf das tränenüberströmte zornige Bubengesicht draufschaun.
„Der soll ruhig mal ne Minute heulen!" brummte der Konrad übellaunig.

Der Konrad hatte die gängigsten Sätze, die sich wir Musiker dauernd anhören müssen, auf zwei Zetteln zusammengestellt:
(„Sie bräuchten einen Sponsor!")
Ich las all die Sätze, und mußte bei fast jedem Satz so herzlich lachen.

Einen ähnlichen Satz hatte *ich* ja (leider) auch von mir gegeben: Nämlich (über den Leopold): „Der muß doch wahnsinnig begabt sein?!"
Obwohl davon wirklich nichts zu spüren ist.
Nicht einmal stubenrein ist der Leopold zur Stund´.
Wenn er ein Ei legen muß, stellt er sich immer zerknirscht und verschämt hinter den Vorhang, so erfuhr ich.
Die Rebecca trug ein türkisfarbenes kleines Wams mit der Aufschrift „Daddy loves me", welches eine ältere Dame den jungen Leuten im Überschwang der Gefühle geschenkt hat.
Der Konrad erzählte, daß die Margarethe manchmal Angst habe, daß er die Rebecca heimlich auffrisst, weil er sie so appetitlich findet, und gab dem kleinen Fräulein zu diesen Worten einen netten Kuß.
„Poldi! Du hast die Rebecca heute noch gar nicht geküsst!" sagte er zum Leopold, und der Leopold gab dem Baby einen kurzen Kuß auf den Bauch.
Der Konrad wurde von dieser kleinen Szene warm gestimmt, und man fühlte, wie es schon ein wenig in ihm gearbeitet hat, daß er vorhin so grob zu seinem kleinen Söhnchen war.
„Willst du auch morgens keinen Kakao mehr umstoßen?" frug er versöhnlich und nett.
„Jaa", sagte der Leopold zerknirscht und ernst.

Der Konrad erzählte eine rührende Geschichte über seinen verstorbenen Vater:
Einmal barschte der Konrad in jäh aufwallender Ereiferung und Unwirsche gegen ihn auf:

„Behandel mich doch bitte nicht immer so, als sei ich das größte Genie der Menschheitsgeschichte!"
Doch der Vater sagte:
„Für mich bist du eben etwas ganz und gar Besonderes! Da kann ich gar nichts dagegen machen!"

Dann spielten wir Schuberts B-Dur Trio, obwohl es zwischen den Eheparteien gefährlich zu gären begann.
Die Margarethe wurde sehr grantig, weil sie so wenig Platz hatte, und der Leopold lärmte mit Bauklötzchen und zuweilen auch unsensibel auf dem Cembalo herum, und die Margarethe wurde direkt ein wenig gefährlich.
In jenem Sinne, daß sie jetzt wirklich alles rasend stimmte.
Der Konrad räumte in hektisch-unwirschen Bewegungen und hinzu überhöhtem Tempo ein wenig an den Bauklötzchen herum, während er sich schnaubend und halblaut frug, was diese Scheißlaune jetzt wohl solle?
Und die Margarethe zeterte, daß er das jetzt bitte sein lassen möge!
Da wurde der Konrad noch ärgerlicher und sagte: „...und du machst wieder ein Gesicht!"
„Ja entschuldige – ich mach´s mit Absicht!" rief die Margarethe aufschäumend, so daß der letzte Satz vom Schubert-Trio quasi im Bannkreis dieses häßlichen Zwists dargeboten wurde.
Doch es arbeitete in beiden.

Die Margarethe war wieder nett, und hinzu so rührend zerknirscht über ihre Entgleisungen, und der Konrad war ihr auch wieder gut.

Sonntag, 16. September
Aurich

Oftmals laut plätschernder Regen. Hi und da zogen blaue Himmelsoasen vorbei, doch meist herrschten geradezu bedrohlich dicke feucht-schwarze Wolken.

Es ist wieder arschkalt geworden, so daß man
morgens kaum noch aus dem Bett findet

Gestern beim Einschlafen und heut morgen beim Aufwachen dachte ich zweimal das Selbe: Nämlich je, daß es jetzt ganz anders gekommen ist, als ich mir das vorgestellt hatte: Statt meine sturmfreien Bude in Aurich genießen zu dürfen, habe ich jetzt Thomas & Conny am Bein!

Doch bald schon wendete sich das Blatt nochmals um 180 C°, indem´s noch wieder anders kam, als man geglaubt hatte:

Daß es mit Thomas und Conny nämlich so nett war, daß ich mich kaum aus ihrer Aura lösen konnte.

Wieder bewahrheitete sich eine alte Weisheit:

Man macht Reisen bis ans andere Ende von Deutschland, um irgendwelche Leute zu besuchen, und die Besten befinden sich gerad eben daheim!

Zuerst machte ich mich erbötig, den jungen Leuten Brötchen zu holen.

Der Thomas scheint seine ewige Diät aufgegeben zu haben, was sich darin zeigte, daß er genußvoll ein Nutellabrötchen verzehrte.

Dann warnte der Thomas vor dem Komponisten „Marx", der mir einen Brief geschickt hatte.
(„Ich würde Ihnen nur etwas zusenden, wenn ich sicher sein darf, daß Sie Interesse haben..." hatte er ernst geschrieben.)
Der Thomas erzählte plastisch, wie beim Festival in Usedom ein Streichquartett von Herrn Marx in einem Kinder- bzw. „Familienkonzert" aufgeführt wurde.
Der Thomas hatte dem tränenbesäckelten, grämlichen alten Herrn vorgeschlagen, ein bißchen zu erzählen, was er damit wohl auszusagen gedächte?
Und dann quasselte der Marx vor all den Kindern los und fand kein Ende mehr – und dabei erzählte er nur unverdaulichen Quatsch über irgendwelche Quint-Non-Akkorde mit tiefalterierter Quint oder erweiterten „Tristanakkorden", wovon die Kinder alle eine ganz mondkalbshafte Ausstrahlung bekamen.

Ich erzählte Ming am Telefon, daß ich am 28.9. nonstop von Glückstadt nach Ofenbach zu fahren gedächte, um Onkel Dölein zu genießen.
„Das ist mir eine Hämorrhoide wert!" sagte ich nett.

Montag, 17. September

Regen.
Erst gegen 19 Uhr hatten sich alle Wolken verzupft,
und so wurde es doch noch schön

Es regnete die ganze Zeit sehr schnell, dünn und dicht, und die nassen gelben Säcke lagen so traurig in den Straßen herum, und wurden erst ganz spät aufgepickt – wie bettlägerige Bewohner eines Altenheims, die vom Tode vergessen schienen.

Einmal klingelte das Telefon, und ich in meiner Einsamkeit hob dankbar ab.
Michael Kühn war´s, der ein Anliegen an Buz hatte:
Buz solle ihm eine Referenz verfassen, weil er sich als Dirigent für ein Kammerorchester bewerben will.
*Ich hätte lachen und sagen sollen: "Wissen Sie, was mein Papi darüber gesagt hat, daß er Sie eingeladen hat? :*
*"Ein jeder macht mal einen Dehler!"....*
*Das kann er unmöglich machen, weil er doch gar nichts von Ihnen hält!*
*Und ehrlich gesagt: Ich möchte Sie auch keinem Tuttischweinderl zumuten. Es ist einfach grausig. Gehn´se doch zur Post…. Harte Worte zwar, aber es ist besser, ich richte sie hier an **einen**, als daß dreißig Musiker nachher in einem wirklich unerträglichen Berufsalltag stecken!"*
Doch natürlich quasselte ich nur so rum – versprach allerdings nichts, weil ich schon reifer geworden bin, und Buzen eine derartige Verlegenheit ersparen wollte.

Dienstag, 18. September

Bleich und trübe.
Abends zeigten sich rosa Wölkchen

Buz hat einen neuen Schüler: Den kleinen Martin H. welcher um Punkt zwei Uhr von der Musikschulsekretärin ins Zimmer geleitet wurde.
„Krieg ich einen dicken Kuss?" frug ich den mir wohlbekannten kleinen Martin auch gleich, weil ich mich nach Küssen und warmen Worten zu verzehren pflege. Doch leider kann man sich diese Frage nur bei den wenigsten Schülern erlauben.
„Gleich!" sagte der kleine Martin artig, und brachte mir dann auch gleich einen schüchternen Kuß.
Ich frug ihn nach seinem Berufswunsch aus, und der Martin erzählte mir, daß er Erfinder zu werden gedächte, und führte auch gleich aus, was er für Raketen zu erfinden plane.

Die Stunde mit dem 14-jährigen Florian war meine Unbeholfenste heut.
Der Florian interpretierte eine Gavotte von Bach aus einem uralten, grünen Suzuki-Heft, und griff mit seiner klobigen Hand immer die gleichen Töne falsch, und an den Rhythmus hielt er sich leider auch nicht.
Ich erfuhr, daß seine Mutti gelernte Zahnärztin sei, und als ich nach dem Beruf des Vaters frug, sagte er geheimnisvoll und begierig darauf, mich mit diesen Worten zu verblüffen, er habe zwei Väter: Einen

leiblichen, der schon sehr alt, und einen Ersatzvater, der wiederum noch jung, und hinzu sehr nett sei.
Der habe einmal am gleichen Tag wie Ming bei „Jugend Musiziert" Klavier gespielt – und als er Ming gehört hatte, sei er vor Scham darüber beinah in den Boden versunken, daß er im Schatten dieses Genius´ nun sein kümmerliches Geklimper vorführen solle? Doch ihm blieb leider keine andere Wahl – er war angemeldet und mußte...erzählte mir der Florian lebhaft, und ich war sehr gerührt von diesen fast schon beschämenden Worten.
Der leibliche Vater verkauft Häuser, und der andere verkauft Versicherungen.

Dann kam die kleine Annika, jenes vergnügte kleine Töchterlein mit der großen Zahnlücke, mit ihrer Mutti, einer dicken Dame in meinem Alter, die ihrerseits wiederum Annikas putziges kleines Schwesterlein Kira an der Hand führte. (Ein Anblick wie in einem Kinderbuch).
Ich finde die kleine Annika so belebend, weil sie so eine knödelige Vergnügtheit ausströmt, und so nett und aufgeweckt ist.

Nett war´s auch mit der Sabine, die heut ihre letzte Geigenstunde abstaubte.
Es wird allerdings noch eine Allerletzte geben: Nämlich am Montag um 11 Uhr 11, bevor sie dann zum Grundschullehramtsstudium nach Braunschweig aufbricht, und sich ihre weitere Laufbahn

unseren Blicken womöglich für immer entziehen wird?

Abends tönte das Telefon, und ich freute mich so über die Überraschung, wer sich wohl gleich meldet?
„Hallo. Hier ist die Marlies!" sagte eine dumpfe Stimme dumpf und plonnerhaft.
Die Marlies sagte unverhohlen, um was es ihr ginge: Nämlich mal wieder so richtig lang und ausgiebig mit Buz zu quatschen! Doch Buz war leider nicht daheim.

Mittwoch, 19. September

Weißlich bleich. Das Wolkenbild schaute einmal aus wie die fragend gerunzelte Stirn eines Säuglings.
Abends glühende Wolkenränder und Frische

Ich übte.
Hi und da liefen Herr-Heike-artige winterlich eingemurmelte graue Gestalten an meinem Fenster vorbei.

Um halb drei sollte meine Schicht in der Musikschule losgehen, doch ich kam bereits um fünf vor zwei dort an, und freute mich auf ein kleines Musikschulpicknick vor.
Bei „Fisch Kramer" war ich von sooo einem netten Herrn bedient worden:
Ihm hatte ich ein Mattjes-Brötchen und eine Hand voll Kieler Sprotten abgekauft, welche ich nun in

Buzens Unterichtszimmer verspeiste, obwohl ich den daraus resultierenden Gestank kaum abzuschätzen vermochte.

Zunächst wurde der Florian erwartet, von dem ich hoffte, er möge sich verspäten – stattdessen kam zirka sechs Minuten zu früh der inzwischen zehnjährige Stephan A., von dem ich aufgrund seines breitflächigen, seltsam töricht und leeren Gesichts immer annehme, daß er seiner Mutter geradezu lächerlich ähnlich sieht, obwohl ich die Mutti doch gar nicht kenne.

Ein Unterricht in jenem Sinne war's wohl nicht, doch ich hoffe und glaube, daß es der leicht debile Knirps, der im übrigen immer noch nicht gescheit reden kann, nicht so gemerkt hat. Er sei, so heißt es, „leicht entwicklungsretardiert" „Vermutlich ein leichter Impfschaden, oder aber ein leichter Sauerstoffmangel bei der Geburt?" habe sein Papi Albert A. Buz einst unbekümmert von Mann zu Mann erzählt.

Erfahrungswerte zeigen jedoch, daß sich entwicklungsverzögerte Menschen irgendwann dann doch noch ganz normal entwickeln. (Gottlob!)

Und so wird's auch dem kleinen Stephan ergehen – wie sein Papi optimistisch hofft.

Im Moment ist er auf dem Entwicklungsstand eines retardierten Sechsjährigen, doch das kann nur besser werden.

Bei ihm, und auch beim Florian bin ich mit meinem Latein so ziemlich am Ende, wie man ihnen die doch

so lächerlich einfachen Schnaderhüpferl wohl endlich beibringen könne?
Hi und da tippe ich wie elektrisiert mit dem Finger multipel auf's Fis, wenn beispielsweise ein „f" droht, aber kiebig oder gar lehrerinnenhaft möchte man ja auch nicht sein.

Der Florian, als Pianist, war heut ungewöhnlich träge und unkonzentriert.
Obwohl er nur die rechte Hand von einem Mozart Gavöttchen bot, vertippte er sich häufig. Nicht nur seine Noten waren mit Kugelschreiber besudelt, sondern auch seine bloßen Unterarme! Die Tat seiner zweijährigen Schwester, wie er gutmütig erklärte.

Einmal sah ich im Damenklo auf einer Klobrille einen Jungen mit Brille sitzen.
„He du!" rief ich, „das ist das Damenklo!"
Doch er schaute mich nur mondkalbhaft durch seine runden Brillengläser an.

Daheim rief ich die Oma an.
Die Oma war so nett, doch sie verstand praktisch nichts mehr. Frau Reimich mußte der Oma währenddessen eine wärmende Decke über ihre dünnen, fröstelnden Beinchen legen.
Frau Kionczyk geht's auch ganz schlecht, so erfuhr ich: Sie möchte gar nicht mehr angerufen werden.

Gegen Ende des Telefonats bin ich davon so traurig geworden, daß ich brennendes Salzwasser hinter meinen Augäpfeln emporsteigen fühlte.

Donnerstag, 20. September
Aurich - Baltrum

Nieselnd grau.
Allerdings in seiner verhangenen Gräue
nicht ganz reizlos

Am Hafen von Neßmersiel war´s ungemütlich bis zum Geht-nicht-mehr!
Peitschender Sprühregen in naßkaltem Wind.

Auf dem Schiff:
Beinah hätte ich statt Milch, Senf in meinen Kaffee hineingelassen.
Ein Senior machte mich darauf aufmerksam, und ich bedankte mich.
„Das hätte ein böses Erwachen gegeben!" sagte ich verbindend.
„Umrühren müssen Sie selber, und trinken auch…" versuchte der Senior geistvoll zu sein. Dies erinnerte an einen Dialog zwischen Mann und Frau in der Balzphase in einem schwachen ZDF-Film, der mit Möwengekreische am Strand angehoben hat.
Die gefallenen Worte waberten noch in mir nach, als ich bereits wieder auf meinem Platze saß.

Ich mußte an die Wortabtäusche zwischen Mann und Frau denken, wenn man sich beispielsweise auf eine ZEIT-Annonce hin zu einem „Gespräch über Gott und die Welt" verabredet hat, und es schauderte mich.

Baltrum:
Pastor Friebe, der sich einen flauschigen Backenbart in seinem lieben Bubengesicht hat stehen lassen, war mit seinem knapp zweijährigen Söhnchen Reemt erschienen.
Das süße kleine Hefegebilde trug eine lustige rote Zipfelmütze, saß im Wägelchen, und paßte beim Marsch zur Kirche auf mein Gepäck auf.
Kurz vor der Ankunft war er allerdings in einen Schlummer verfallen, und sein Kopf bog sich davon automatisch in den Nacken, so daß es ihm im Falle des förmlich in der Luft liegenden Aufregnens mitten in beide Nasenlöcher hineingeregnet hätt´.

Zwei kleine Buben tobten im Insel-Shop-Inneren herum, und die Verkäuferin barschte dreimal ungemütlich auf:
„Ich sag´s nicht noch einmal!" sagte sie zwiefach und beim dritten Mal explodierte sie leicht, so daß die Buben zusammengezuckt sind, und mit ihnen auch ich.

Die Abendstimmung war trotz der Bewölkung so richtig schön, und so manch ein Senior hatte sich gegen seine Einsamkeit einen Hund mitgebracht.

So auch eine freundliche Frau, die nun auf einer Friedhofsbank saß, und sich von ihm bewachen ließ.

Konzert am Abend:
Ich spielte so, als hätte ich alles Irdische bereits hinter mir gelassen: Frei von Ehrgeiz, Temperamentsgebolze und Interpretengehabe, aber dafür beseelt und mich vom Inhalt der Musik lenken lassend.

Freitag, 21. September
Baltrum - Aurich

Völlig inkontinente Wetterlage:
Ständig regnete es los, so daß es keine Freude war

Als ich mich erheben wollte, war´s draußen nass, kalt und dunkel, und man hörte den Regen, der stakkatiert an die Fenster trommelte, und gleichzeitig vom Wind herumgepustet wurde.
Ich war aus einem Traum herausgerupft worden, in welchem ich soeben etwas vor hatte, und somit gern weiterträumt hätte!

Nachdem ich mich tagestauglich zurechtgesattelt hatte, besuchte ich die Fotoausstellung von Herrn Michael Friedel, und wer hätte jetzt gedacht, daß es dort so nett werden würde, und es sich letztendlich um jene Aktivität handeln sollte, die ich im Nachhinein am allergernsten absolviert habe?

Der nette Herr saß mit seiner Mutti im Eck, und man spürte gleich, wie es ihn riesig gefreut hat, daß die Tür aufgeht, und ich es bin!
Ich fand die Wellenlänge gleich so gut und angenehm.
Der nette Herr bot mir einen Ostfriesentee an, und mit ihm trat Ostfriesenteebehagen auf.
Die großen Fotografien an der Wand (schwarzweiß gehalten) fand ich so geheimnisvoll, und zum Abschied bekam ich sogar ein Bild geschenkt!
Mit der sahnehäuptigen Mutti des Herrn (Martha Friedel), von welcher ich erfuhr, daß sie aus Österreich stammt, verstand ich mich ebenfalls wunderbar.
In der Art vielleicht wie eine Schwiegertochter, die ihrer Schwiegermutter vorgestellt wird, und dann freudig sagen kann:
„Ja doch. Wir Damen, wir schwimmen auf einer Wellenlänge."

Abschied von den Friebes:
Der kleine Reemt war so süß. Er schlug auf den Platz neben sich, um mich zum Sitzen zu animieren, und lachte so entzückend dazu.

Kurz vorm Schiff ging plötzlich ein wildgewordener Körnchenregen nieder, von welchem wir Hinwegstrebenden ganz nassgehämmert wurden.
Man sah die pochenden 32stel Tropfen spritzend auf dem Schiffsdach tänzeln.

Zurück in Neßmersiel:
Zuerst mußte lang herumgewartet werden, und der Kartenabrupfer sagte so oft „tschüss", daß man es sich bildlich so vorstellen muß, als seien unzählige „Tschüss"s, wie eine Dauerwurst, die bis nach Konstantinopel reicht, aneinandergeheftet worden.

Samstag, 22. September

Morgens Regen. Dann quollen die Wolken
auf eine unangenehme Art etwas auf

Auf dem Markt:
Überall blitzten Bekannte auf: An einer Stelle eine Schülermutti Rehleins, und ehepaargemäß stand auch ihr regenverpackter und tropfender Ehemann nicht weit.

Ich fuhr in die Westerloogstraße am anderen Ende der Stadt, um die kleine Annika zu unterrichten, doch dort schien man vergessen zu haben, die Häuser zu nummerieren, so daß ich etwas ratlos herumsuchen mußte.
Ich mußte sehr langsam fahren, da sich Boßler auf der Straße tümmelten, die anders als Tauben nicht davon fliegen können, wenn man aus alter Gewohnheit heraus unbekümmert in den Schwarm hineinfährt.
Ein Herr half mir so engagiert beim Mitdenken, wo das Haus Nummero 24 sein könnte, daß ich ihm

(unbewusst) einfach die volle Verantwortung überantwortete, und nur ganz lethargisch danebenstand, während er angestrengt für mich nachdachte.

Ich sollte eine Dame fragen, doch diese Dame wiederum war ganz scharmfrei.

Dann sollte ich in der Tierarztpraxis „Bücker" nachfragen, und wer öffnet mir dort die Tür? Annikas Mutti!

In ihrem Kinderzimmer hatte die kleine Annika eine etwas andere Ausstrahlung als in der Musikschule – und etwas kneippig lag eine Mutter/Tochter-Krise in den Lüften.

Wenn man ganz genau hinsah, konnte man sogar noch sehen, wie das zierliche Näschen von Mutti Bücker vor Ärger noch ein wenig nachzitterte. Und richtig:

Wenig später sagte sie: „Ich habe mich nur gerade über meine Tochter geärgert!"

„Annika, ich mach das nicht mehr lange mit!" rief sie zwiefach laut und ungemütlich aus, weil die Annika einfach die Türe zuschob, und ihre füllige Mutti somit einfach hinauszuquetschen versuchte.

Leider mußte man sich nun eingestehen, daß der Storch den Eheleuten Bücker am 17.1.1994 ein kleines Monster gebracht hat, um die braven Leute hart zu prüfen, oder gar mit einer Strafe des Himmels zu belegen.

Dann wurde die Frau aber wieder netter, und brachte mir einen Tee.

Eigentlich fühlte ich mich mehr als Babysitterin, denn als Violinlehrerin.

Ich schaute mich sehr interessiert im Kinderzimmer um, und den Blick aus dem Fenster fand ich unglaublich:

Ganz ländlich grün, und der Garten schaute aus, als reiche er bis weit hinter den Horizont!

Mehr so nebenbei brachte ich der Annika das Lied vom Bruder Jakob bei, und schaute dabei auf das kleine Monster mit den fehlenden Schneidezähnen drauf und frug mich, ob sich das wohl noch auswüchse?

Dann zeigte mir die Annika, wie sie auf dem Bett herumhopsen kann, und Rehlein in mir tat´s richtig weh um das schöne Bett.

Ich erfuhr, daß das Bett schon über 100 Jahre alt sei.
Auch ihre Uromi habe bereits darin geschlafen.

Später saß ich mit der kleinen Familie unten beim Tee, wo man sich in der silbernen Kanne spiegeln konnte.

Ich spürte, wie Frau Bücker aufzutauen begann, weil sie überrascht und erfreut war, was ich immer für interessante Dinge erzähle:

Man ist auf einen schmalen Talk gefaßt, den man so rasch als möglich hinter sich bringen möchte, und bekommt die unglaublichsten Dinge erzählt.

Beispielsweise erzählte ich die poetische Geschichte, wie der Opa inmitten alter Papiere eine uralte Fotografie aus Ägypten fand:

Heilig Abend 1945 in Kairo.

Sein späterer Schwieger- und noch späterer Exschwiegersohn Ric war damals noch ein kleines Baby, und zumindest für das Foto kurz der strahlende Mittelpunkt einer glücklichen jungen Familie.

Der Opa war verzaubert von Rics wunderschöner Mutti – der späteren „Omi Ägypten", und schrieb ihr einen poetischen Verehrerbrief – auch wenn mittlerweile 55 Jahre ins Land gezogen waren. Es dauerte auch nicht sehr lange, und er bekam eine wirklich überschwengliche und herzliche Antwort aus Kairo!

Mitten in diese anrührende Geschichte über die Omi Ägypten, ist Mutti Bückers Ehemann „Jürgen" kurz aufgetaucht.

Es handelt sich dabei um einen rustikal-landwirtschaftlichen Typus, mit dem man sich nur so am Rande anwärmen konnte.

Ein eiliger, fahriger Wirbelwind, der seinen Tee im Stehen hinabzustürzen pflegt, und ein simples: „Hallo & tschüss!" auszustrahlen pflegt.

Nach einer Weile verabschiedete ich mich von der Familie und machte Station im Autohaus, weil ich die heiseren Atemgeräusche meines Autos abklären lassen wollte.

Der diensthabende, zirka 31-jährige Herr mit einer orangefarbenen Bürstenfrisur war sehr nett, und unternahm eine kleine Fahrt mit mir.

In der Aura dieses Herrn sitzend, fühlte ich mich so entspannt, wie bei einem Selbstgespräch.

Ich psychologisierte über jene undefinierbaren Geräusche, die ich gehört haben will, und schilderte sie solchermaßen, als handele es sich bei diesem Auto um ein Lebewesen.
„Es klingt so röchelnd, heiser, angestrengt!" Gerade konnte ich mich noch bremsen, zu sagen:
„Es kann sich aber natürlich auch bei mir um eine beginnende Schizophrenie handeln!"
Dem Herrn fiel gar nichts auf.

Daheim begrüßte ich den Herrn mit dem Maulkorbbart außerordentlich herzlich.
Ein freundliches und wirklich tiefempfundenes Lächeln erhellte mein Gesicht. Ein Lächeln, das ich gar nicht gleich ausknipsen konnte, als ich das erhellte Gesicht wieder abgewandt, und hinfort in die Wohnung getragen hatte.
Lustig wäre natürlich, wenn man erst Stunden später plötzlich bemerkt, daß man ein Lächeln, das dem Nachbarn gegolten, gar nicht ausgeknipst hat.

Einmal sah ich, wie der Liebhaber von der Ina in seinem Auto mit rasendem Temperament und Übermut viel zu rapid durch die Graf-Enno Straße brauste.
Dann wiederum parkte er in aggressivem Temperament ein, und für einen kurzen Moment dachte ich, er nähme Anlauf, um dem kleinen schwarzen Auto von Inas Mutti den Po einzuquetschen, weil's vielleicht einen wüsten Krach gegeben hat? Doch er parkte nur millimeterdicht dahinter, und hurtelte die

Treppen hinan, als hätte er keine Sekunde zu verlieren.
Oben empfing ihn die beneidenswert jugendlich, schlanke und appetitliche Ina – allerdings hat man nun doch sehr gespürt, daß von ihrer Seite her die magischen eineinhalb Jahre um sind, denn geküsst haben sie sich nicht (mehr).

Frau Münch hat einen neuen Hund, und ich bin sehr gespannt, ob der mich wohl mag, denn neulich hat er einfach wütend in den Hörer geknurrt, und es heißt doch, Hunde hätten den siebten Sinn!


Sonntag, 23. September

Zögerliches Sonnenwetter
mit sehr norddeutschem Einschlag

Im Radio lief Beethovens Violinkonzert, und ich wußte gar nicht, was ich darüber denken solle?
Sehr gut und kernig zwar, doch manche Einfärbungen ließen auf einen mir fremden und wenig sympathischen Charakter des Interpreten schließen.
Hernach hat's geheißen, dies sei zum Tode von Isaac Stern gesendet worden.
Stellvertretend für meinen süßen Papa fühlte ich eine große Betroffenheit, und rief sofort in Ofenbach an.
Rehlein selber kam an den Apparat gewetzt.

Ich riet, daß man Buzen das Unfassbare schonend beibringen möge.

„Der Nächste wird wohl der Kremer sein!" gab ich einen Tip ab, und tippte darauf, daß der Gidon womöglich nur 59 wird, weil er bei seiner verzweifelten Suche nach der „Wahrheit" so rastlos ist.

Rehlein meint, daß eine junge Frau für einen reifen Herrn nicht gesund sei, da die jungen Dinger ständig vögeln wollen (so Rehlein unverblümt). Dies habe man im Falle des Bundespräsidenten Klestil hautnah miterleben können, und somit solle ich die Gloria von Buzen fernhalten.

Beim Üben sah ich, wie der Herr mit dem Maulkorbbart ein neues silbriges Geländer mit eingerolltem Schneckenbeginn an seiner Stiege anbrachte. Die ganze Zeit, während ich am Fenster stand, Geige übte und auf ihn draufsah, arbeitete er daran, und als er endlich fertig war, konnte er sich kaum von dem Anblick trennen.

Er rüttelte und schüttelte daran herum – einmal war er kurz verschwunden, doch wenige Augenblicke später eilte er wieder herbei, und sah sich sein Werk erneut an.

Nett wäre jetzt natürlich gewesen, ich hätte das Fenster aufgerissen und hinausgerufen: „Gut gemacht, Herr Nachbar!"

So, wie man in den letzten beiden Tagen zwei menschliche Aderlässe zu beklagen hat (Herrn Stutzke, einen losen Bekannten, und Isaac Stern) so lernte ich heute zum Ausgleich zwei neue Bekannte kennen: Frau Münchs dünnen und langnasigen Hund Mascha, und wenig später die kleine Mira vom Christoph-Otto.

Der in einem warmen Braunton gehaltene Spitzohrhund war gleich sehr nett zu mir, und hatte ein so lebhaftes Ohrspiel:

Auf seinem Kopf spielte sich ein richtiger kleiner Ohrentanz ab:

Er spitzte und winkelte seine Ohren interessiert, roch ein wenig „strenge", und bettete mir öfters auf eine barmende winselige Weise das Haupt aufs Gebein, und in den gütigen rehbraunen Augen las man die Frage: „Hast du mich denn wenigstens ein klein wenig lieb?"

Frau Münch wirkt in ihrer neuen Rolle als Hundemutti zufrieden, rustikal und ausgeglichen.

Ich fuhr weiter, besuchte den Christoph-Otto und seine kleine Familie, und brachte ein Foto mit, das die stolze und frohe Ute M. mit ihrem kleinen Julian zeigt.

*Der Apfel fällt nicht weit vom Stamm!*
*Ute M. auf Wolke sieben*

hatte ich im Stile von Ute M., die stets in geflügelten Worten spricht, hinten drauf geschrieben.

Zum Tee erzähle ich die Geschichte vom Sägemörder in einer etwas abgewandelten Form: D.h. ich erzähle Aspekte dieser Geschichte, die auch sensiblen Naturellen zugemutet werden durften:

Wie der Sägemörder in der Disco so nett seine Visitenkarte verteilt hat.

„Hallo, ich bin der Axel! (lustiges Foto) Ruf doch mal an!" (Eine Telefonnummer.)

Dann kam eine liebeshungrige Frau in seiner Wohnung zu Tode, und er hatte bloß eine Stunde lang Zeit, die Leiche zu beseitigen, da in einer Stunde seine Mutter vorbeikommen wollte, um ihm mit einem selbstgebackenen Kuchen zu erfreuen.

Er rief die Mutti an, um zumindest zu versuchen, ihren Besuch ein bißchen zu verschieben, doch die Mutter war bereits in den Straßen unterwegs.

Eilig zerteilte er die Frau in der Badewanne, da es in einem Mietshaus schwierig ist, eine Leiche am Stück an den Nachbarn vorbeizuschmuggeln.

Doch wie kann er die Polizei jetzt noch davon überzeugen, daß die Frau doch ganz von alleine gestorben ist?

Nach einer Weile schauten wir drei Fotoalben an, welche Christoph-Ottos Leben von der Säuglingszeit bis ins junge Mannesalter, als er noch sämtliche Haare auf dem Kopfe mit sich herumtrug, dokumentierten.

Das neue Baby plärrt manchmal einfach los, und man weiß gar nicht recht, was man da machen soll?

Ich riss einen Scherz darüber, daß ich jetzt länger in Ofenbach zu bleiben gedächte, da sich Rehlein das Sorgerecht zurückerkämpft habe.

Der Christoph-Otto lachte belustigt darüber, doch seine Frau begriff den Scherz nicht, und meinte: „Häää?? Wiesoo? Du bist doch schon erwachsen!"

Montag, 24. September

Klare Trübnis

Im Morgengrauen schaute ich eine Reportage über einen frühgraumelierten 35-jährigen Pfarrer, der die hohl- und kahlköpfigen Skins im Osten zum Umdenken bewegen will.
Er brachte einen freundlichen Mohren mit, um am lebendigen Beispiel zu verdeutlichen, daß alle Menschen – egal welcher Hautfarbe – Brüder sind, und dann lud er einige Skins zum Frühstück ein, und gemeinsam überlegte man, wie man den Mohren in Afrika bald mal besuchen möchte.

Etwas verfrüht kam um zwölf Uhr die Sabine mit ihrem fröhlichen Lachen, dem langen blonden Haar und dem spitzen Näschen, auf welchem ein Zwicker sitzt.
Die Sabine bekam heut ihre allerletzte Violinstunde. (Letzte Woche war´s die Letzte.)
Bis hin zu Beethovens Frühlingssonate hat´s die angehende Lehrerin somit geschafft.
Die für Beethoven doch so charakteristischen „Sforzati" überlas die Sabine meist, und ich machte vor, wie es sich anfühlen müsse:

So, als packe der Interpret den Hörer an den Schulterblättern und schüttele ihn in jäh aufwallender ungezügelter Leidenschaft!
Die Stelle im Takt vor dem eruptiven langen G müsse klingen, als braue sich in einem Lehrer ein Zorn zusammen, welcher dann auf dem „G" explodiert. Doch dann hört man die Schritte des Direktors auf dem Flur, und der Lehrer verfällt schnell und ganz erschrocken wieder in ein Murmeln.

Nach dem Unterricht schaute ich den packenden Truffaut Film über „die Frau nebenan" weiter, und es ging darum, daß ein Herr eine Dame, die ins Haus nebenan zog, durch größten Zufall von früher her bereits kannte.
Er hing mit einer wechselduschartigen Haßliebe an dieser Dame, die sich darin niederschlug, daß er sie mal nicht ertragen, und dann wiederum ohne sie nicht leben konnte!
*Wahrscheinlich so, wie es einst zwischen Buz & Hilde war?*
Im Parkhaus versuchte er sich mit ihr dahingehend auszusprechen, daß sie doch versuchen könnten, einfach „gute Freunde" zu sein?
Doch es dauerte nicht sehr lang, und schon wieder lagen sie sich wie Ertrinkende in den Armen.

Auf der Bank:
Dummerweise unterschrieb ich „Betrag dankend erhalten!" *bevor* ich das Geld erhalten hatte, und stand nun unruhig wartend herum.

Ich malte mir aus, *wie das Fräulein nun betont eilig über mich hinwegsieht und so tut, als wisse sie von nichts.*

In Heikos Büro saß der kleine Johannes mit seinem einzigen Freund Konni (einem Mondkalb) am Computer und spielte sein Lieblingsspiel („Driver").
Es handelt sich um ein brutales Spiel, in welchem man wie ein wildgewordener Autofahrer mit 220 km/h durch Miami oder Rio rasen kann, bis das Auto völlig zu Schrott gefahren ist. Dazu jaulen und quietschen abwechselnd Reifen und Bremsen, so daß der Computerfreund ganz trunken wird.
Man sah die Buben von hinten, und um meinen Pflichten als Patentante Genüge zu tun, strich ich dem einen und dann auch dem anderen, auf Art einer älteren Dame recht gütig über´s Haupt.
Durch die Augen von Frau Münch sah ich meine gestrigen, so schmähenden Worte über meinen einzigen Patensohn vollauf bestätigt: Kein „Grüß Gott", kein „Küss di Hand!" kein „Bitte", kein „Danke", kein gar nichts. Ich frug mich, ob der Johannes später wohl genau so Auto fährt, wie er es hier lernt?

Ich unterrichtete die kleine Hanna, mit ihrem freundlichen Sonnengesicht, im Zimmer von Frau Wasmuth, welches im Gegensatz zu Buzens kahlem Raum, liebevollst mit Pflanzen, lustigen Bildern und Plakaten an der Wand geschmückt ist.

Dienstag, 25. September
Aurich - Worpswede

Es fing an, wieder schön zu werden

Ich übte meine „Schmankerln mit Klampfenuntermalung" unter dem Arbeitsmotto „Qualität beginnt mit Qual" ganz übergründlich, und setzte mir symbolisch gesprochen ein Lupenglas auf die Ohren, obwohl ich bei dieser Arbeit immer vom Gefühl begleitet werde, zum völligen geistigen Stillstand gekommen zu sein: Man übt und übt, glaubt immer mehr Unzulänglichkeiten aus dem Zusammengeübten herauszuhören, und wird immer unzufriedener.
Hi und da durchzog unser radelnder Nachbar, der Restaurator Johann Holstein, nach Art eines Fisches im Aquarium, meinen Blick aus dem Fenster.

Ich stellte mir vor, wie ich einen Künstlerfragebogen ausfülle, und hinter die Frage: „Ihr Motto?" ein, für eine Geigerin, die sich doch wohl international zu expandieren gedenkt, äußerst verwunderliches: „Bleibe im Lande und nähre dich redlich!" setze.

Vor Frau Meyer dran war's mir ein bißchen peinlich, daß Buz so <u>gar</u> nichts kann. Nicht mal das Altpapier zum richtigen Zeitpunkt auf die Straße schieben, und jetzt war die Tonne so schwer, daß man sie nur noch unter Geächze und Gestöhn dort hinverrücken

konnte – bloß weil Buz schon wieder nicht weitergedacht hat, als seine Nase lang ist!
Nicht einmal vor Klischées schreckte ich in meinem Plauderschwung zurück:
„Was Hänschen nicht lernt...."
„lernt Hans nimmermehr!" beendete Frau Meyer den Satz plattdeutsch eingefärbt, und krümmte sich bereits nach der Wäsche.
Ich schöpfte frischen Mut daraus, daß ich Buzen zu Weihnachten einen Haushaltskurs schenke, und wie er danach vielleicht sein Diplom herumliegen lässt:
„...hat das Seminar.....mit „gut" abgeschlossen."
Am liebsten hätte ich jetzt ausgerufen:
„Was bin ich bloß für eine Gastgeberin??! Jetzt habe ich den ganzen Tee weggetrunken! Verdammt noch mal!"
(Nach Art von Michael Kühn. Die Arme in dramatischem Gestus in die Seite gestemmt, (ein Anblick, der mich in eine lebende Vase verwandelt) herausgeschraubten Augäpfeln und einem fassungslosen Blick in die Runde.)

Der Film über „die Frau nebenan" und die zerstörerische Kraft oder Macht der Liebe endete damit, daß die „Mathilde" sich und ihrem Liebhaber Bernard, (umgekehrt natürlich) während einer leidenschaftlichen Orgie im Bett je eine Kugel in den Kopf schoss.

Immer wieder wanderten meine Gedanken zu Herrn Reimer.

Ob er den Film wohl auch gesehen hat, und dabei an *mich* denken mußte?

*„Huhu! Jürgen! Wo bist Duuuh??" ruft seine Frau gutmütig mitten in jenes Bild hinein, das jetzt vor seinem geistigen Auge entstanden war, und wedelte mit der Hand vor seinen Augen herum, so wie die Gabi in der „Lindenstraße".*

Worpswede am frühen Abend:
Die kleine Edith wunk mir erfreut aus dem Fenster zu, so daß ich mich nochmal so gern und flott hinaufsputete.
Mutti Ingrid war wieder so nett, überschwenglich und herzlich, daß man ganz gerührt war.
Sie umarmt einen innig und tief empfunden, strahlt einen mit Rührung und Freude an, umarmt erneut, sagt einem Freundlichkeiten, und gibt einem das Gefühl, zumindest für den Moment der liebste und wichtigste Mensch in ihrem Leben zu sein. *Jemand auf den man neun Monate lang sehnsuchtsvoll gewartet hat, und von dem man nur hoffen kann, daß er nie wieder entweicht.*
Wie es meinem Papa ginge? (erkundigte sie sich mit Wärme und Anteilnahme.)

Die kleine Edith zeigte mir ihre große Postkartensammlung.
Die eine hatte Vati Joachim von einer Reise geschickt, und mit seiner riesigen Schrift so freundlich beschriftet:

*Meine liebste Edith!*
*Du bist so süß!!! Ich hab Dich sooooooo*
*lieb!!!*
*Dein Papa*

Mutti Ingrid hatte mit viel Liebe einen riesengroßen Teller mit Brothäppchen zubereitet, und so saßen wir da und warteten auf den Hausherrn Joachim, der nach einer Weile müde und abgearbeitet und sogar leicht verschnupft von der Schicht heimkehrte, die ihm ja leider nur wenig Freude bereitet.
(Gitarrenunterricht zu erteilen.)

Die Edith heulte ganz laut und verknödelte den Mund leider ganz häßlich, als Mutti Ingrid sie für die Nacht sattelte, weil sie uns lieber zuhören wollte, statt zu schlafen.
„Du darfst kurz zuhören – wenn die Zähne geputzt sind!" versprach man, doch die Edith heulte davon noch lauter und barmender.
„Ich will aber ganz lange zuhören!" schluchzte sie unter einem sprühenden Tränenregen, und schniefte.

Zu Beginn der Probe im Erkerzimmer machte ich ein paar kritische Anmerkungen, so daß ich stellvertretend für den Joachim denken mußte: „Au wei. Das kann ja heiter werden!"

Und somit versuchte ich beim Weiterspielen die arroganten Gefühle, die sich bei jenen Probenden, die meinen, das Probenzepter in die Hand nehmen zu müssen, leicht einschleichen, niederzuwalzen und regelrecht wegzumähen, bevor sie Triebe bilden, weil man sonst stellvertretend für den müde gearbeiteten Joachim auch noch denken müßte:
„Man versucht gemeinsam schön Musik zu machen, doch in Wirklichkeit spielt man mit einem Feind!"
Die Edith saß verdrossen dabei, und retirierte sich nach einer Weile, um ins Bett zu gehen.
Der Joachim eilte ihr hinterher, weil er noch ein Küßchen haben wollte, doch die Kleine sagte einfach: „Nein. Heute nicht."
Davon wurde der gefühlvolle Joachim, der immer gerne geliebt würde, ganz bekümmert, und es knabberte in ihm, während er weiterzupfte. Das sah man ihm an...
„Morgen gibt´s gewiss wieder ein Küßchen!" sagte ich aufmunternd – doch einem enttäuschten Menschen scheint das Wörtchen „Morgen" so quälend weit entfernt, wie für ein Kind, das dem Weihnachtsmann entgegenfiebert?

Mittwoch, 26. September
Worpswede – Eckernförde - Kiel

Neblig verhangen

Am Morgen brachten Edith & Joachim mir eine dampfende Kanne Tee und zwei Prinzenkekse ans Bett, und ich war davon so gerührt, und betonte es über und über, daß ich mich wie eine Prinzessin im Turm fühle. Und dies stimmte, auch wenn´s in diesem Turm leider nach kaltem Tabak roch.
Die kleine Edith verabschiedete sich zum Kindergarten, allerdings ohne Kuß und nur mit einen kurzen Gewinke, da man mit Küßchen ein bißchen haushalten sollte, damit sie etwas Besonderes bleiben.
Das fand ich plötzlich auch, und freute mich, daß der kleinen Edith diese große Weisheit jetzt schon zugeflogen war.

Der Joachim telefonierte auf seine gutmütige Art mit seinem Freund(?) („wahre Freunde sind dünn gesät") „Hans-Michael", und man spürte als Hörer, daß es um eine unbezahlte Rechnung ging.
„Morgen ist das Geld auf Deinem Konto, Hans-Michael!" versprach der Joachim auf seine warmherzige Art feierlich, und sprach den Allerweltsnamen „Hans-Michael" zärtlich und kumpelhaft aus, weil dem gefühlvollen Joachim an diesem, und auch allen anderen Spezis, sehr gelegen ist.

Später erfuhr ich, daß der Hans-Michael dem Joachim bereits einen verärgerten Brief geschrieben habe, von welchem der Joachim ganz erschrocken war.

Es ging um eine anvisierte Aufnahme mit Werken von Johann Sebastian Bach, die in zwei Wochen steigen soll, und ich versuchte, den Joachim, der offenbar kalte Füße bekommen hat, dazu weichzuklopfen, mir die Werke einmal vorzuzupfen?

Doch der Joachim zierte sich, weil er findet, ihm täte das nicht gut, und einem einzelnen, oder auch mehreren netten Leuten zuhause vorzuspielen, sei doch wohl etwas völlig anderes, als ein Konzert oder gar eine Aufnahme?

Dann zupfte er allerdings doch los, und ich muß sagen, daß ich vom ersten Satz regelrecht gerührt war.

Mehr noch: Ich verliebte mich in das Werk, und wollte es gleich nochmals hören.

Ich dachte gar: „Ein Glück, daß er es mir vorgezupft hat, denn jetzt sehe ich ihn in einem neuen, einem respektvolleren Licht!"

„Noch mal!" rief ich auch nach dem zweiten Vorspiel, und der Joachim bekam davon Rückenwind in seiner These, daß bei ihm dafür (?!) jede Menge Musik drin sei, und nun erzählte er mir von einem Artgenossen, einem anderen Gitarristen, dessen Spiel nach einem dreijährigen Studium in Wien, wie tot gewesen sei, da der strenge Herr Ragossnig immer jeden Ton anders wünschte.

Die Fuge klang dann leider eher nach Akkordgulasch, und ich machte mingesgleich ein paar Anmerkungen über Thema und Schwerpunkt.
Joachim hochjovial: „Ich versteh´ was du meinst!"
Der Joachim ist von den Belehrungen fröhlich geworden, weil er dachte, ich sei so klug, und sag ihm Dinge, die er noch gar nicht bedacht hat, und ihm sei somit ein Schlüssel in die Hand gegeben, eine Türe zu öffnen, hinter welcher ein erweiterter Horizont auf ihn warte?

Joachim und ich reisten nach Worpswede.
Die Gegend um Worpswede herum (verhangen und nebelschwadig) gefällt mir sehr, doch dann kamen wiederum Gegenden, in welchen ich mich fremd, grundlos verärgert und sogar deplaziert fühlte.
Konzert in Eckernförde:
In der Pause schaute ich mir die Fotos in Joachims Gitarrenkasten an:
Ich erfuhr, daß die kleine Edith, die man auf den Fotos bestaunen konnte, von Anfang an immer so heiter gewirkt habe.
Doch nun scheint´s ihm manchmal so, als würde die Heiterkeit langsam nachlassen, und dies stimmt ihn ein bißchen traurig.

Nach dem Konzert trennten sich unsere Wege. Ich reiste zur Tante Irma, und der Joachim zu Freunden in einem kleinen Dorf am Wegesrand.

Donnerstag, 27. September
Kiel – Flensburg - Wattenbek

Schmuddelweiß bewölkt und bleich.
Abends prasselnder Regen.
Zur Mittagsstund, als ich mit der Irma im Lokal saß,
ein scheues Lächeln der Sonne
durch die Wolkenschicht

Die Irma hatte sich bereits mit einem bunten Hüttenpulli für den Englisch-Kurs verschönt, und wir Damen setzten uns zum Frühstück nieder.
Die langsam tütelig werdende Dame, die im Stockwerk über der Irma lebt, hatte Irmas Tagesblatt entwendet, und stattdessen lagen in Irmas Zeitungsröhre am Morgen zwei „Kieler Expresse", die leider – ähnelnd dem „Heimatblatt" in Aurich - völlig uninteressant sind, so daß man auch keine doppelte Freude dabei empfinden kann, zwei davon zu besitzen.

Ich erfuhr, daß Irmas Erstling Frank eines Tages von der Schule returkehrte und verkündete: „Nein. Latein lerne ich nicht." (So, wie der Suppenkaspar, der einst ähnlich klingende Worte über seine Suppe verlauten ließ), und dann lernte er es auch nicht.
Die Irma, die mit Beruf, Haushalt und Kindern immer so hoffnungslos überfordert war, versuchte den Onkel Otto ein wenig einzuspannen, auf daß er den Kindern beim Lernen helfen möge. Doch der Otto brummte bloß, daß er doch wohl keine

Familienpolizei sei, wie der Kurt!?! ← (Sein Bruder – unser Opa)
„Frank sieht wild aus!" sagte die Irma und lachte freudlos, weil sie ja keinen Einfluß mehr auf das Leben ihres mittlerweile 44-jährigen Sohnes zu haben glaubt.
Ich aber legte meine umstrittene These dar, daß man seinen Eltern „gehört", und wenn die Eltern tot sind, dann gehört man dem Staat.
An solchen Sätzen merkt man dann, daß die Irma nicht mehr so gut hört, da sie nicht groß darauf einzugehen pflegt, sondern stattdessen nun unbeirrt ihre rustikal-sachlichen Thesen weiter auswalzte: z.B., daß die Eltern vielleicht 20 – allenfalls 26 Jahre lang Verantwortung tragen. Doch spätestens ab 30 sollte man für sich selber verantwortlich sein.
Dann wurde die Irma in ihren Schilderungen ein wenig bitter, als es darum ging, daß ihr die Kinder heut vorwerfen, sie habe <u>alles</u> falsch gemacht, und manchmal hat sie das Gefühl, es wäre besser gewesen, gar keine Kinder zu haben.

Wir suchten die Waldschänke im Wildtiergehege.
An einer Stelle sah man gehörnte Büffel, und außerdem gab's aus Holztrümmern geschnitzte Bänke mit Sitzkuhlen, die so angelegt waren, daß verärgerte Ehepaare sich so hinsetzen können, daß sie einander nicht ansehen müssen.
Die Irma frug einen gescheitelten schlanken Senioren (zirka 76 Jahre alt) aus echtem preußischen Schrot und Korn, wie man da wohl hinkäme?

Man müsse durch den morastigen Wald waten, erfuhren wir, machten uns auf den Weg, und an einer Stelle schauten einen drei Elche an!

Ich erfuhr, daß die Irma eigentlich keine Freunde in diesem Sinne hat, sondern nur Bekannte.
Mit ihren Sorgen und Nöten kann sie sich nur an ihre Geschwister wenden. (Ausgenommen ihre Schwester Lydia – da geht´s nicht. Man liebt sich schwesternbedingt zwar – paßt aber letztendlich leider nicht zusammen.)

Auf dem Heim"marsch" sprach die Irma darüber, daß sie immer nur so etwa jedes zehnte Mal, wenn sie daran denkt, man solle es tun, auch wirklich anruft.

Daheim tranken wir noch Tee, und sprachen u.a. über den Selbstmord von Hannelore Kohl.
Ich glaube, die Irma ist beim Abschied immer ganz traurig, und die Gesichtsschwellungen von denen sie in unregelmäßigen Abständen heimgesucht und gemartert wird, rühren vielleicht von den vielen ungeweinten Tränen bei Abschieden, die es einfach nicht schaffen, sich „Bahn zu brechen"?
Tränen über die vielen, vielen unbefriedigenden Besuche, während derer nicht die richtigen Worte gefunden oder ausgesprochen worden sind.
Ich umarmte die Irma, und mir war beklommen zumute.

Die Irma blieb noch vor dem Hause stehen, und somit rannte ich nochmals zurück, um sie ein zweites Mal zu umarmen.
Doch hinterher fühlte ich mich im Auto noch trauriger an, weil es durch die Doppelumarmung plötzlich so wirkte, als sei´s der endgültige Schlußstrich gewesen, und oben auf dem Knivsberg, wo die Irma wohnt, wirkt doch der Himmel immer so nah.

Nun fuhr ich durch das Heißmangelwetter gen Flensburg, und hätte doch am liebsten noch den Onkel Otto auf dem Nordwest-Friedhof besucht.

Wenn ich im Auto frontal auf die Straße blickte, so sah es immer so aus, als würde das Auto den Asphalt staubsaugerartig in sich einsaugen.
An der dänischen Kirche in Flensburg hielt ich mit meiner, von der Tante Irmi so liebevoll gefüllten Teebombe („ein letzter Gruß!") ein kleines Picknick ab.

Der Kirchenraum füllte sich nur spärlich.
Zehn waren gekommen.
„Guten Abend!" murmelte der Joachim auf seine liebenswürdige Märchen-Onkel-Art halblaut beim Verbeugen, um dem Ganzen einen familiären Anstrich zu geben.

Wir übernachteten bei lieben Freunden vom Joachim in einem entlegenen Ort namens Wattenbek: Martin und Doris.

Freitag, 28. September
Wattenbek - Glückstadt

Schmuddlweiß bewölkt.
In Glückstadt vor dem Konzert zarter Sprühregen

Der Joachim hatte sich heute frisch geduscht und parfümiert, und trug schwarze, enganliegende Sportschühchen solcherart, die zusammenschnurren, wenn man sie von den Füßen streift, und gar nicht so recht zu seinem massigen Körperbau passen wollten.
„Der Joachim macht sich immer so frisch für seine Lieben!" sagte ich liebevoll – nicht zuletzt auch, um liebevolle Gefühle in mir aufzuschäumen, mit denen man wohl doch deutlich besser durch den Tag getragen würde?
Und der Joachim sagte etwas solcherart, daß ich mich immer gerne lustig mache!
(Doch er lachte freundlich dazu.)

Glückstadt zur Mittagsstund´:
Ich ließ mich in einem Caféhaus in der Marktpassage nieder.
Dort saß ich am Fenster, aß einen heißen Apfelkuchen mit zwei Bollen Vanilleeis und konnte auf der gegenüberliegenden Seite auf mein eigenes

Plakat draufschauen, welches emsige Hände an ein Nagelstudio geklebt hatten.
Ich sah allerdings auch, daß niemand draufschaute.
Eine eilig und leicht stumpfsinnig wirkende Seniorin hätte <u>beinah</u> draufgeschaut, und wenn die jetzt ein wenig aufmerksamer gewesen wäre, hätte sie etwas Unglaubliches erleben können: Die gleiche Dame, die man da auf dem Plakat bewundern konnte, auf der anderen Seite am Fenster sitzen zu sehen, wo sie auf Art von Ute M. ein Sahnetörtchen löffelt!

Ich fuhr zu dem etwas entlegen liegenden Konzertsaal im Schloß.
Freudig hatte ich gemeint, der Joachim sei schon da, weil ich hinter einem Fenster Gitarrengezirpe zu hören geglaubt hatte, und somit klopfte ich an die Türe.
„Herein", sagte eine herbe Frauenstimme, und nun war´s bloß so, daß es eine fremde Lehrerin war, die dort eine Gitarrenstunde abhielt.
Entsetzt prallte ich zurück, weil das Sakrileg, einen Musiker bei der Arbeit zu molestieren, direkt hinter jenem, die Synagoge mit barem Haupt zu betreten, anzusiedeln ist.

Im Konzert:
In der ersten Reihe saß ein Herr (zirka 72 Jahre alt), der mich an unseren Auricher Nachbarn Herrn Waldemeyer erinnerte, und ganz hin und weg von mir war, wie meine Duo-CD mit Ming verriet, die er

sich in der Pause erworben, und nun stolz neben sich gelegt hatte.

Nach dem Konzert saßen wir im Weihnachtslokal „Kandelaber" am Markt. Der Raum war über und über mit Kerzen geschmückt, und wir wurden von einer reifen Blondine bedient.
Ich bestellte mir ein Mattjesgericht, welches beim Wettbewerb „Jugend kocht" einen stolzen ersten Preis eingetrieben hat, und somit stolze 24 Mark 50 kostete.
Mit Johannisbeerpüree, Salatblättern und Röstis aufgepeppt und garniert.

Samstag, 29. September
Glückstadt – Seebach (bei Deggendorf in Bayern)

Meist weiß bewölkt.
Doch unter der Wolkenschicht
hi und da eine Freundlichkeit,
die dem Aufmerksamen nicht verborgen blieb

Erhoben um 5 Uhr 45

Ich erhob mich in jenen Tag, in den ich mich schon hineingesehnt hatte:
Der unendlich langen Reise Richtung Ofenbach zu meinen Lieben: Dem Opa, Dö-und Rehlein, Buz und Ming, nach denen ich mich nun schon so lange gesehnt habe.

Doch zuerst duschte ich ganz laut und rücksichtslos in einem altmodischen, aber ansonsten <u>ausgezeichneten</u> Duschhäusl, und unten ist schon der Bruder von dem netten Herrn, der das geschmacklose Hotel so vorbildlich betreibt, am Werkeln gewesen.
Er war es auch, der mich aus dem engen Hinterhof in die Freiheit hinauswunk, und ich empfinde diese beiden Herren als so redlich und gut.

Am Anfang der Reise hatte ich naturgemäß etwas Torschlußpanik, ob ich aus dem „Startloch Schleswig-Holstein" wohl hinausfinde?
Doch fährt man erstmal auf der Autobahn, so geht´s.

Einmal hatte ich das Gefühl, daß mein Motor, einem sterbenden Menschen nicht unähnlich, bereits am Röcheln war, und sah mich im Geiste schon hilflos auf dem Pannenstreifen stehen. Man fährt alleine, und doch fühlt es sich an, als säße neben einem ein 97-jähriger Opa, der nur noch schwach atmet, schließlich aber zu röcheln beginnt...

In der Zeitung konnte man lesen, daß auf dem Bostoner Flughafen die verlassene Reisetasche von jenem, am World Trade Center so tragisch zerschellten Kamikadse-Pilot Mohammed Atta gefunden wurde, in welcher sich detaillierte Aufzeichnungen darüber befanden, wie die letzten Stunden zu gestalten seien, bevor man ALLAH gegenübersteht.

In aseptisch fundamentalistischem Klange wurden nüchterne, geradlinige Befehle, die es zu befolgen galt, ausgesprochen:
Schneide Dir das Haar. Wasche und parfümiere Deinen Körper....unglaublich wäre es nun natürlich gewesen, wenn Mohammed Atta im Flugzeug neben einem netten Mädchen zu sitzen gekommen wäre, welches ihm spontan zusagte?
Wenn nicht überhaupt irgendeine Frau schuld an dem Ganzen ist?
(„Von ohnmächtigem Liebesgram getrieben, schloß sich der seelisch Gemarterte den Islamisten an")

In Raum Kassel fühlte ich den Reflex in mir, die Omi zu besuchen, und fuhr doch, in Unfröhe gehüllt, daran vorbei.

Heute vor zwanzig Jahren wurde mein Vetter David geboren!
Dies und vieles andere stürmte kurz mein Hirn.

Auch Herrn Gaßmann, der mich „währenddessen" vielleicht manchmal leicht genervt hatte, liebte ich nach Art einer Ehefrau wieder aus voller Seele heraus.

Buzen erzählte ich im Geiste einen Hessen-Schüttling, der mir einfach so eingefallen war:

***Schad ist, daß das, was uns die Hessen gaben.***
***Wir unterwegs vergessen haben.***

Nachdem ich auf die Sekunde genau acht Stunden gefahren, und mittlerweile vom Schleswig-Holsteinischen im Bajuwarischen angelangt war, fuhr ich von der Autobahn ab, und suchte mir ein Hotel.

Sonntag, 30. September
Seebach (Bayern) - Ofenbach

Sprühregen.
Feucht- grünliche, schmutzweiße Wolkendecke

Ich kaufte mir die Zeitung, um das Testament von Mohammed Atta zu lesen.
Es handelt sich bei ihm um einen Herrn, den die Welt erst nach seinem Tode kennenlernen durfte, und ein toter Islamist, sei ja auch ein guter Islamist.
Bereits mit 27 Jahren machte Mohammed Atta ein Testament:
Er möchte nicht, daß Frauen ihn berühren oder sein Grab besuchen.
Sein Kopf soll gen Osten gebettet werden.

Ofenbach:
Im Kalgassen"knie" erlaubte ich mir einen Scherz, und rang meine Lieben an:
Buz, der beim Aufschrillen des Telefons wie von der Tarantel gestochen aufzuschnellen pflegt, kam an den Apparat.

Ich tat so, als sei ich in Bayern kleben geblieben, weil in Rheinland-Pfalz die Ferien losgegangen seien, bloß, um wenige Sekunden später vorzufahren.

Ming war´s, der mir als erster Begrüßolant freudig entgegentrat, und dann bebusselte ich mich nach einer mehr als viermonatigen Abwesenheit intensivst mit dem süßesten aller Rehleins.

Wenig später begrüßte ich auch Onkel Dölein, und dann erging´s mir ein wenig wie jemandem, der einen Vitaminschock erlitten hat:

Zu viel des Guten.

Alle waren so süß, und ich fühlte mich innerlich ganz verrupft in jenem Sinne, daß ich nach allen Ecken auf einmal strebte, und auf diese Weise eigentlich nichts zustande brachte.

Ming, im Abitursfieber steckend, meinte, daß er für Mathematik nicht sonderlich begabt sei. Einige Aufgaben bereiteten ihm Kopfzerbrechen.

Morgen feiert Rehlein ein ganz besonderes Jubiläum: Sie wird ein Viertel von einem viertel tausend Jahre alt! (62, ½ Jahre).

Abends:

Buz lag nach Art eines Halbwüchsigen auf dem Bett im Dienstbotenkabüffchen, und las einen albernen Krimi, welchen er verschämt vor mir zu verbergen suchte, so als sei ich seine Mutter, und das Büchlein ein „Hefterl".

„In der Zeit könntest du Goethe lesen!" sagte ich seinen Befürchtungen entsprechend nach Art einer strengen Mutti.
(Wieder sprach der Opa aus mir.)

**Personenregister (eine Auswahl):**

**Annika**, (*1994) Schülerin Buzens
**Antje**, (*1939) Lieblingstante in Bonn
**Arno**, (*1965) Einsamer Untermieter in Hamburg. Ex von meiner Freundin Ute B.
**Atta, Mohammed**, (1968 – 2001) Attentäter
**Beätchen**, (*1943) Tante mütterlicherseits in Amerika
**Berti**, (*1945) Stiefschwiegervater von meinem Gitarristen Herrn Gaßmann
**Buz**, (*1938) unser geliebter Vater
**Christoph**, (*1964) Lebensabschnittspartner von meiner Freundin Katharina
**Christoph-Otto**, (*1965) Stadtmusikant in Aurich
**Conny**, (*1972) Mitarbeiterin der „Ostfriesischen Landschaft"
**Daaje**, (*1994) Töchterchen von Mings Exe Gerswind
**Detlev**, zweiter Exmann von meiner Extante Antje (Geburtsjahr unbekannt)
**Dimka**, (*1969) Klarinettenbläser, Gast im Musikalischen Sommer in Ostfriesland.
**Edith**, (*1998) Töchterchen von meinem Gitarristen, Herrn Gaßmann
**Edith**, (*1942) Dame, die in Grebenstein gegenüber von Omis Haus lebt
**Elisabeth**, (*1976) älteste Tochter von unserem Onkel Hartmut
**Erik**, (*1980) Bratscher im Jade-Quartett
**Esslinger Oma**, Rehleins Omi väterlicherseits (1883 – 1960).
**Feli**, (*1996) Töchterchen von meiner Freundin Ute B.
**Florian**, (*1986) unehelicher Sohn von meinem Vetter Heiner in Bonn
**Florian**, (*1987) Geigen- und Klavierschüler Buzens in Aurich
**Franz**,(*1968) taiwanesischer Schüler und emsiger Jünger Buzens
**Friebe**, Pastorenfamilie auf Baltrum
**Gaßmann**, dreiköpfige Familie in Worpswede – bestehend aus Vati Joachim (*1953), Mutti Ingrid (*1970) und Töchterchen Edith (*1998)
**Gerhard**, (*1948) Geistlicher in Hausach
**Gerswind**, (*1964) Exe Mings
**Gesine**, (*1996) zweite Tochter von Mings Exe Gerswind
**Giuliano**, (1924 – 1984) angeheirateter Onkel väterlicherseits in Rom

**Gloria**, (*1977) junge koreanische Violinstudentin Buzens
**Grillparzer**, dreiköpfige Familie in der Nachbarschaft
**Haas, Walter & Johanna**, (*1948, 1971) Schloßbesitzer in Belgien
**Han-Lin**, (*1974) Primgeigerin im Jadequartett
**Hartmut**, (*1945) Onkel väterlicherseits in Münster/Westfalen
**Heiko**, (*1961) lieber Freund in Aurich
**Heiner**, (*1962) Vetter in Bonn
**Hikaru**, (Geburtsjahr unbekannt) Posaunenstudent in Trossingen
**Hilde**, (*1964) Exe Buzens
**Hubert**, (*1961) Ehemann von meiner lieben Freundin Ute B. in Rottweil
**Ina**, (*1982) junges Fräulein im gegenüberliegenden Haus in Aurich
**Irma**, (*1937) Witwe von Rehleins Lieblingsonkel Otto in Kiel
**Jeannette**, (*1962) Pfarrhaushälterin in Hausach
**Johanna**, (*1971) junge Schloßherrin in Belgien
**Johannes**, (*1993) Söhnchen von unserem Freund Heiko in Aurich
**Julian**, (*2001) Söhnchen von meiner lieben Freundin Ute M.
**Katharina**, (*1959) Freundin und ehem. Quartettpartnerin, Geigenlehrerin
**Kettler, Frau**, (*1947) Professorin für Musikwissenschaften in der Schweiz
**Kläuschen**, (*1934) dritter Mann von unserer Lieblingstante Antje in Bonn
**Kionczyk, Frau**, (*1919) Mutter von meiner mütterlichen Freundin Edith in Grebenstein
**Konrad**, (*1968) Ehemann von meiner Freundin Margarethe
**Kühn, Michael**, Dirigent, Geburtsjahr unbekannt
**Lee, Herr**, (*1965) sympathischer chinesischer Geiger, der nach Kanada ausgewandert ist
**Leopold**, (*1999) Söhnchen von meiner Freundin Margarethe
**Lipi**, (*1953) taiwanesische Pianistin aus New York
**Lore**, (1911 – 1998) Schwester vom Opa
**Margarethe**, (*1970) Kantorengattin
**Marlies**, (*1967) Studentin Buzens
**Marius**, (*1998) Söhnchen von meinem Vetter Heiner
**Marius**, (*2000) Söhnchen von meiner Freundin Katharina
**Martin**, (*1994) Klavierschüler Buzens
**Martin R.**, (*1964) Hornist
**Melanie**, (*1966) Frau von unserem Vetter Heiner

**Meyer, Frau**, (*1935) Zugehfrau in Aurich
**Ming**, (*1964) mein Bruder
**Mireille**, (*1966) langjährige Freundin in Frankfurt
**Mobbl**, (1910 – 1999) Omi mütterlicherseits, deren Geist allgegenwärtig ist
**Münch, Frau**, (*1943) meine Sekretärin in Aurich
**Nataša**, Schülerin Buzens (*um 1973)
**Nate**, (*1983) Sohn von unserer Freundin Lipi in New York
**Olthoff, Bodo**, (*1940) ehem.unehelicher Schwiegervater Mings
**Olthoff, Gerda**, (*1942) ehem. uneheliche Schwiegermutter Mings
**Omar**, (*1972) Mohr aus dem Senegal. Ehemann von Buzens Exe Hilde
**Otten, Familie**, Familie mit zwei erwachsenen Töchtern, die in Aurich im Hause gegenüber lebt.
**Ovidiu**, (1962 – 2001) Kontrabassprofessor in Trossingen
**Paul**, (Geburtsjahr unbekannt) Schwiegerschüler Buzens, Pianist
**Paul, Steven**, (Geburtsjahr unbekannt) Moderator beim NDR
**Petra**, (*1971) Schülerin Buzens
**Rademacher, Prof.**, Violinprofessor in Trossingen
**Rainer**, (*1934) Onkel mütterlicherseits in Toronto
**Rautenberg, Frau**, (*1920) Nachbarin in Aurich
**Rebecca**, (*2001) Töchterchen von meiner Freundin Margarethe
**Reimer, Herr**, (*1941) Direktor in Trossingen
**Reimich, Frau**, (*1958) Reinmachefee bei der Omi in Grebenstein
**Robin**, (*1968) Spitzengeigerin aus den USA
**Rosalie**, (*1999) Töchterlein von meiner Freundin Ute in Rottweil
**Roth, Dietmar**, (*1955) alter Freund im Schwabenland
**Sabine**, (*1981) Schülerin Buzens
**Silvia**, (*1967) Ehefrau von Buzens emsigstem Jünger Franz
**Stern, Isaac**, (1920 – 2001) weltberühmter Geiger
**Sum, Dieter**, (*1955) Korrepetitor an der Musikhochschule in Trossingen
**Susanne**, (*1983) Kusine in Münster
**Thomas**, (*1968) Manager für den Musikalischen Sommer
**Tobias** (Tobisias), (*1971) Schwiegerschüler Buzens; liiert mit Buzens Schülerin Petra
**Ute B.**, (*1966) liebste Freundin in Rottweil
**Ute M.**, (*1963) wunderbare Freundin in Herrenberg. Eine Dame, die vom Glück verfolgt wird

**Veronika**, (*1945) langjährige Freundin mit Verwandtschafts-status
**Wachtenberg, Frau**, (*1953) Klavierlehrerin
**Walter**, (*1948) Schloßherr in Belgien
**Yussuf**, (*1999) Söhnchen von Buzens Exe Hilde

**Und weiter geht´s im nächsten Band….**

**Erscheint am 15. Februar 2021**